Adele Prince

MEURTRES-FRITES

à la crème

Les Enquêtes de Charlotte Latourette

Tome 1

Dépôt légal : juillet 2021

Impression à la demande

Couverture : Azel Bury

ISBN : 979-10-92982-53-4

Bien qu'inspirés en partie par la réalité, les personnages et situations décrites sont purement fictifs. Toute ressemblance avec des lieux, des personnes ou situations existants ou ayant existé ne saurait être que fortuite.

REMERCIEMENTS

Un livre ne se fait jamais complètement seule. Je remercie : Azel Bury, Catherine Lang, Marie Fontaine et Elèna Tassart pour leurs aides et soutiens tout au long des différentes étapes de ce roman.

À ma grand-mère,

« Un crime peut être une oeuvre d'art, et un détective un artiste. » Agatha Christie

1

Charlotte

La neige depuis une heure dépose son manteau blanc sur les toits et les rues de notre petite ville. Je relève la capuche de ma parka. La dernière fois qu'il a neigé à Tarteville-sur-Mer, j'avais dix-sept ans. Je m'en souviens encore. Les falaises semblaient plus blanches que ce soir, faut dire que hors saison, elles ne sont plus illuminées artificiellement, - une décision du Maire pour faire des économies. Quel paysage ! Le vent s'engouffre avec les flocons sous ma capuche. Je frissonne de bonheur. La vie serait parfaite si mon restau marchait. En hiver, Tarteville se meurt un peu, alors survivre sans les touristes devient mission impossible.

J'ai dîné chez Mamie comme chaque mardi soir. Elle est pleine d'énergie et je me marre souvent avec elle. Je lui ai confié mes soucis avec le restaurant : continuer ou déposer le bilan ? Mamie a tout de suite compris que je tenais à mon entreprise, mon bébé. Elle m'a promis de trouver une solution. Des économies qu'elle aurait…

Je prends le chemin de la plage plutôt que celui des rues intérieures. J'ai besoin d'air. Malgré les difficultés financières, je ne regrette pas d'être revenue m'installer dans la ville de mon enfance. Paris, c'était bien, mais grand, trop grand. Ici, la grandeur vient de la nature pas du nombre d'habitants au mètre carré.

Les flocons flottent dans la nuit, ballotés par les bourrasques d'un vent qui vient du nord, puis se dissolvent dans l'océan tandis que sur la grève les galets se drapent d'une poudre blanche et fine. Si on m'avait dit il y a dix ans que je tiendrais un restaurant de poissons, alors que je partais à Paris étudier Lettres Modernes à la fac, je n'y aurais pas cru une seconde.

la

légère

candide

capricieuse

tourbillonnante

ouatée

poudreuse

neige dont j'aime

la

lente lente

Chute [1]

Ces vers me traversent l'esprit alors que je gagne la terrasse Courbet. Le ressac fait gronder les galets dont les sons les plus sourds sont absorbés par la couche de neige qui s'épaissit. Les maisons, fenêtres éteintes, défient de leurs façades de granit les flocons ivres. Des restaurants pour la plupart et

---

1. [1] Extrait de *Ode à chacun*, de Henri Pichette, édition 1988, Odes à Chacun (Gallimard Poésie).

le petit casino qui n'ouvre que le week-end en hiver.

Arrivée en bout de terrasse, je la traverse pour emprunter la rue Courbet qui mène chez moi quand j'aperçois une silhouette sur le dernier banc qui fait face à l'océan. Elle semble anormalement immobile. Je l'interpelle. Le son de ma propre voix m'oppresse. J'avance vers le banc, éclairant de la torche de mon smartphone la silhouette en position demi-couchée, lui fais des signes de la main. Elle ne bouge pas d'un poil. Curieuse et en même temps un peu inquiète, je m'arrête, observe autour de moi, mais ne vois personne. Je décide de me rapprocher un peu plus. C'est un être humain sur le banc, un vrai. Je fais encore quelques pas, torche révélant son visage. Une femme. Je l'appelle.

— Madame !

Aucune réponse.

— Madame, Madame !

Je suis à ses côtés à présent. La moitié de son corps a glissé sur le banc, son bras pend dans le vide. Ça doit être très inconfortable cette position. Je lui secoue gentiment l'épaule tout en l'éclairant. C'est une dame âgée.

— Mais Madame, réveillez-vous. Vous allez attraper froid !

Elle ne réagit pas. Ses cheveux et son vêtement sont couverts de neige comme si elle avait passé 24 h dans un congélateur. Je lui saisis le poignet, lui tâte le pouls me rappelant l'examen de secourisme que j'ai passé quand je faisais mon training d'hôtesse de l'air à Roissy. Rien, pas une pulsion. Peut-être que je m'y prends mal, après tout, je n'ai jamais eu l'occasion de pratiquer un vrai sauvetage. Je relâche son bras, sidérée. J'éclaire de nouveau son visage. Ses yeux sont grands ouverts et elle possède une marque sur la tempe qui descend le long de sa joue. Qu'est-ce que cela veut dire ? Que se passe-t-il ?

Je ferais mieux de ne toucher à rien et d'appeler les pompiers ou plutôt la gendarmerie qui se trouve beaucoup plus près. J'ouvre la page contacts de mon smartphone, je possède tous les numéros d'urgence - quand on a un restaurant et une grand-mère de plus de quatre-vingts piges, il vaut mieux être équipée. Je compose le numéro de la gendarmerie avec une de ces angoisses. Il ne se passe jamais rien dans notre petite ville. Les flocons volent autour de nous dans tous les sens. Au bout de six sonneries - mais qu'est-ce qu'ils foutent -, enfin une voix me répond :

— Gendarmerie de Tarteville-sur-Mer.

— Je… il… il y a une vieille dame sur la terrasse.

— À cette heure ?

— Je veux dire… il y a un cadavre sur la terrasse. Venez de suite.

Le mot cadavre me met en mode panique, je ne sais pas comment il est sorti de ma bouche. J'ai les jambes qui se ramollissent et la gorge serrée tout à coup. Et si c'était un crime ? L'agresseur rôde peut-être encore ou je l'aurais dérangé au beau milieu de son larcin. J'en tremble.

— Pardon, vous pouvez répéter ?

La frousse me donne une logorrhée pleine d'agressivité.

— Mais monsieur, vous croyez que je n'ai que ça à faire ? Je suis la propriétaire du restaurant La Pompadour. Une vieille dame semble à moitié morte sur un banc en bord de mer.

— Elle est morte ou pas ?

— Je ne suis pas médecin.

— Vous vous trouvez où exactement ?

— Sur la terrasse.

— La terrasse de Tarteville ?

— Oui.

Mais il est idiot ou quoi ? Je suis en danger peut-être et il me fait répéter tout ce que je dis. Je vais exploser.

— À quel niveau de rue ?

— Rue Courbet.

— Je vous envoie une ambulance et une patrouille.

Je l'entends répéter mes propos dans le bureau. Il parle à ses collègues de permanence, puis il commande une patrouille.

— Ils arrivent. Vous voulez rester avec moi au téléphone ?

— Ils arrivent dans combien de temps ?

Question stupide la gendarmerie est à quinze minutes de la plage en voiture et à cette heure et en pleine tempête, il n'y a plus un véhicule qui roule.

— Ils devraient être là dans dix minutes, pas plus.

Donc c'est sûr dix minutes et c'est plié.

— Ça va aller, je raccroche fièrement.

Et là, dans le silence de la nuit enneigée, seule, sans éclairage avec ce corps qui me semble de plus en plus mort, je commence à flipper grave. Et si l'agresseur rôdait ? Je décide de me cacher en attendant les secours. Je me colle contre le cabanon du club de kayak. De là, je peux voir venir de tous côtés. C'est la méthode Maigret, mon chat, qui ne se laisse jamais surprendre pendant une sieste. L'important est de voir venir. Ça me donne une avance sur le danger éventuel. J'éteins ma torche pour ne pas me faire repérer de loin. Le rôdeur évitera la plage. Avec les galets, je l'entendrai débarquer. Je me concentre sur les deux côtés de la terrasse, le dos flanqué contre les planches mouillées du cabanon.

J'entends la sirène d'abord, puis j'aperçois les flashes du gyrophare et enfin les phares de la Mégane des gendarmes. Tout le paysage me semble blafard d'un seul coup. Le Lieutenant, Valentin Pignal, récemment muté ici et un géant pour la région, se précipite sur le banc où la vieille dame repose, suivi de sa collègue, Muriel Lebrun - on se connaît un peu, elle était intervenue lors d'une bagarre de clients dans mon restau -, les touristes ne sont pas toujours des bisounours sous ecstasy. Muriel est une petite brune nerveuse, très efficace et dont le regard semble toujours dire "on maîtrise la situation" comme dans les séries. Les voilà qui courent sur la terrasse, cherchent de tous côtés. Je sors de ma planque, le Lieutenant Pignal me saute dessus. Je me retrouve au sol, les mains dans le dos qu'il m'écrase entre les siennes. J'essaie de m'identifier, mais impossible d'articuler une seule syllabe. Il me retourne brusquement.

— Nom, prénom ?

Pas un mot ne sort de ma bouche, je suis terrorisée.

— C'est Charlotte Latourette, me devance Muriel, c'est elle qui nous a alertés.

Le Lieutenant me lâche sans s'excuser.

— Oui, c'est moi.

Je réponds d'une voix si faible que je me demande si je suis encore en vie.

— Adjudant, occupez-vous d'elle, je me charge de la victime.

Muriel me réconforte.

— Ça va ? Pas trop choquée ?

— Oui, non, j'ai eu une de ces trouilles. C'est idiot.

Le Lieutenant revient vers nous et lance à Muriel :

— Adjudant, annule l'ambulance, c'est pour la morgue.

Muriel est Adjudant, elle est montée en grade.

— Morte ? J'ai trouvé un vrai cadavre ?

J'en avais le pressentiment, mais de l'entendre me secoue. Je vais m'évanouir. Muriel m'ordonne de m'asseoir. Pignal appelle du renfort. Je suis prise dans un tourbillon et un déferlement de voitures et de personnes. On ne s'occupe plus de moi. J'ai froid et la fatigue me gagne. Je rêve de m'allonger dans mon lit douillet.

Flapie, je décide de m'approcher de la scène du crime pour trouver Muriel. Je l'aperçois aux côtés du médecin légiste, enfin j'imagine. Je fonce sur elle, des fois que je sois coincée encore une heure.

— J'peux rentrer chez moi ?

— Attends, je me renseigne.

Elle disparaît dans le chaos tandis que le médecin légiste s'occupe de la victime. J'ai juste le temps de voir le visage de la morte sous les projecteurs avant qu'un gendarme ne lui couvre la tête. Son visage me dit quelque chose. Je la connais sûrement. Muriel revient.

— C'est bon. Tu peux y aller. Si on a besoin de toi, on sait où te trouver. Tu préfères que quelqu'un te raccompagne ?

Je fais ma dure à cuire.

— Non, ça va aller.

Au bout de quelques pas, je me retrouve de nouveau plongée dans l'obscurité, l'éclairage municipal s'éteint à minuit. Uniquement les trois axes principaux de la ville restent éclairés jusqu'à l'aube. Seule dans ma rue, je regrette de ne pas avoir accepté d'être raccompagnée. Le meurtrier croyant que j'ai tout vu pourrait bien me finir tranquillement sans que personne ne s'en aperçoive, les gendarmes étant tous monopolisés sur la plage. Je marche d'un pas rapide, essayant de produire le moins de bruit possible avec mes boots. Quand j'arrive devant la porte de ma maison - je vis dans l'appartement qui se situe au-dessus de mon restaurant -, je suis tellement heureuse que j'en oublie qu'elle est verrouillée. Après avoir fourragé fébrilement mon sac de fond en comble, je finis par trouver mon trousseau de clés. Je scrute ma droite puis ma gauche, déverrouille rapidement et m'engouffre dans mon restau. Le corps plaqué contre la porte, je respire un grand coup, puis écoute la rue un instant, heureuse d'avoir échappé au pire. Pas le moindre bruit de pas. Je me boucle à triple tour et ainsi barricadée, je rejoins mon appartement.

Maigret se réveille et s'étire en me voyant. Je me déshabille et m'allonge. N'arrivant pas à dormir, je feuillette un magazine de cuisine. Il faut que je me calme. Je me demande ce qui a pu arriver à cette femme. Je pense l'avoir reconnue. Elle habitait dans une petite maison délabrée avec vue sur la mer au bout de la terrasse. Les agences immobilières en feront leurs choux gras. Cette maison est un bien immobilier de premier ordre, même en l'état. Emplacement, emplacement, emplacement. Elle a peut-être juste eu une crise cardiaque, à cet âge, c'est courant. Ou quelqu'un l'a tuée, mais qui ? Et pourquoi ? Que faisait-elle à la plage à cette heure ? J'aurais dû me défiler. Faire comme si je ne l'avais pas vue et laisser quelqu'un d'autre la découvrir à ma place. Quelle idiote. Je suis trop gentille. Je m'en ronge un ongle. Les nerfs.

Mamie va être super fière de moi, pour une fois que l'une de nous tombe sur un cadavre, de là à ce que ce soit un véritable meurtre… mais je divague. Je l'appellerai demain, elle ne va pas en revenir. Maigret saute sur le lit avec cette souplesse que Mamie lui envie, se frotte contre mon épaule. Je le caresse, il ronronne comme une petite machine bien huilée.

Il ne se passe jamais rien à Tarteville, sauf l'été parfois un touriste saoul qui fait du grabuge dans un commerce, ou la chute mortelle d'un autre touriste qui voulait la photo la plus spectaculaire pour mettre sur son compte Instagram, ou encore une bande d'amis qui ont parié qu'ils dormiraient sur la plage. Dormir sur des galets dans un sac de couchage n'est pourtant pas ce qu'il y a de plus confortable. Cependant, notre plage est l'une des plus belles de la côte, alors forcément, ça donne envie à certains d'immortaliser leur visite même si cela implique de braver le règlement. D'autres volent un galet en souvenir. Voilà quelques-uns des grands crimes perpétrés dans notre chère bourgade.

2

Charlotte

Maigret me lèche de sa langue de papier de verre. Il s'en donne à cœur joie de me limer l'oreille. Je le repousse gentiment. Il revient à la charge. Une migraine de derrière les fagots m'empêche de métaboliser ce qui m'est arrivé. Je n'ai pas rêvé. J'ai bien trouvé un cadavre hier soir.

Je sors du lit hagarde, mon chat aux trousses. Je me prépare un thé fumé tandis que Maigret miaule et se frotte contre mes chevilles. Je lui donne sa pâtée, des restes de filet de turbot provenant des cuisines. Pas le poisson qu'il préfère, mais le matin, il a faim, il fait donc moins son difficile. Dire qu'il y a des chats qui n'ont ni gamelle ni toit… Mais il s'en fiche, il est tellement gâté.

— T'en dis quoi de tout ça, toi, Maigret ?

Il miaule. Je pose à peine sa gamelle qu'il se jette dessus. J'appelle Mamie. Le temps qu'elle traverse son salon - onze sonneries exactement, elle est lente, mais elle possède toutes ses billes - et j'entends sa voix.

— Allo !

Je ne connais plus personne qui dit allo, sauf elle.

— Mamie, tu ne me croiras jamais, en te quittant hier soir, j'ai trouvé un macchabée sur la plage !

— Dans notre bonne petite ville ?

Elle rit et j'entends sa voix complice et ravie.

— Je suis au courant de tout, j'ai mes indics à la boulangerie. J'arrive.

— Retrouve-moi au restau, j'y descends dans dix minutes.

Depuis des années, Mamie et moi, nous élaborons des théories sur les grands crimes qui font la Une des médias. Des crimes dont certains se sont même déroulés avant ma naissance comme l'affaire Villemin. Mon enfance a baigné dans les détails de ce genre d'enquêtes insolubles et parfois suivies de procès à n'en plus finir comme pour l'affaire du meurtre de la femme d'OJ Simpson. Ma grand-mère trouve toujours un coupable tandis que les enquêteurs et les jurés, eux, rament… Car il leur faut des preuves, des pièces à conviction. Mamie et moi, nous nous contentons de la force de notre intuition, de notre capacité de déduction, de notre force de conviction. L'intuition, comme dans les Maigret, joue un rôle prépondérant dans la résolution d'une enquête. À l'âge de dix ans, Mamie m'a fait découvrir la série policière de Georges Simenon ; depuis, je crois que j'ai lu tous les volumes. Ensuite, le commissaire Maigret démontre et prouve les faits. Il sait y faire. De temps en temps, nous regardons une série, mais nous préférons de loin résoudre les vrais crimes que Mamie découpe dans les journaux ou télécharge sur Internet.

J'emprunte l'escalier en colimaçon, qui descend dans la salle du restau, après m'être assurée que Maigret a tout mangé. Il est délicat et pinailleur. Pour son repas du soir, je lui donne des coquilles Saint-Jacques ou du thon cru quand il en reste du restau - c'est ce qu'il préfère -, sinon, j'ouvre une boîte de Sheba au lapin. Il est fin gourmet comme sa maman.

J'entends frapper sur la vitre. J'ouvre. Mamie me prend dans ses bras.

— Ma petite-fille chérie.

— Oh Mamie, j'ai eu tellement peur. Tu ne vas pas y croire !

— Tu es toute pâle. Tu aurais dû m'appeler…

— Je ne voulais pas te réveiller.

— Tu sais bien que je me couche tard.

— J'ai très mal dormi. J'avais peur de je ne sais quoi… d'avoir été suivie en rentrant chez moi… mais par qui ? Je suis exténuée. Heureusement que je n'ai que huit réservations ce soir.

— Tu penses à un meurtre ?

— Qu'est-ce que ça pourrait être ?

— Elle n'était plus de la première jeunesse. À cet âge, tu sais, on a vite fait de casser sa pipe en allant faire pipi.

— Tu sais qui c'est ?

— Oui, son nom était sur toutes les bouches ce matin. C'est Janine Flochard.

— Il me semblait bien l'avoir reconnue.

— Les gendarmes t'ont interrogée ?

— Oui… non. Il y avait tellement de monde. Je ne sais plus.

— Mais que faisais-tu sur la plage ?

— J'avais besoin de marcher après ton dîner, avec les problèmes du restau, ça m'aide à réfléchir, à m'éclaircir les idées.

— Ils t'ont raccompagnée ?

— Muriel Lebrun, tu sais la petite gendarmette, la brune, me l'a proposé, mais j'ai pris mon courage à deux mains et je suis rentrée toute seule comme une grande.

— Je te reconnais bien là. Brave et vaillante. Alors raconte-moi tout.

Je prépare deux cafés dont un noisette pour ma Mamie chérie qui s'installe à la table du fond.

— Elle était couchée sur le banc, un bras qui pendait. D'abord, j'ai cru que quelqu'un dormait et en me rapprochant, je ne sais pas pourquoi, j'ai ressenti un drôle de frisson et aussitôt mes jambes se sont ramollies. Je l'ai appelée, mais elle ne répondait pas. Les doigts de son bras ballant touchaient presque le sol, alors j'ai saisi son poignet et cherché son pouls, mais je n'ai rien senti. Du coup, j'ai observé autour de moi. Il faisait si sombre et la neige ajoutait au silence, à l'opacité du ressac dans les galets. Il n'y avait que moi sur la plage, pas une fenêtre éclairée aux bâtisses qui donnent sur la mer. Je ne m'étais jamais sentie aussi seule.

Mamie repose sa tasse.

— Elle était habillée comment ?

— En chemise de nuit, sans gilet, sans robe de chambre.

— Bordel de Dieu, pourquoi une petite vieille sortirait-elle de chez elle en nuisette en plein hiver ?

Je souris, Mamie a quatre-vingt-cinq ans et pour elle toutes les femmes de plus de soixante-dix sont des petites vieilles sauf elle.

— Elle est peut-être somnambule.

— Elle était coiffée ?

— Il faisait nuit, mais si tu veux dire brushing et tutti quanti… Non. Par contre, je me souviens qu'elle avait un pied nu.

— Sans chaussure ?

— Sans pantoufle.

— Elle était en pantoufles ?

— Oui.

— C'est pas catholique cette affaire.

— Serais-je vraiment le témoin d'une scène de crime ?

— Ce n'est pas impossible. Une chose est sûre, si on l'a assassinée, on ne l'a pas fait pour son argent. Elle n'en avait pas. À moins qu'un rôdeur de passage comptait sur son porte-monnaie… Le pauvre, il est mal tombé !

— Un autre café, Mamie ?

— Non. Elle n'était pas trop aimée, un peu teigne sur les bords, mais à la boulangerie ce matin, j'ai eu l'impression qu'une sainte venait de nous quitter.

— On change en vieillissant…

— Penses-tu ! En mourant, c'est plus sûr… Elle a tout aussi bien pu capoter sur la plage. Son cœur a lâché, c'est commun à cet âge.

— Mamie !

Je déteste quand Mamie parle de la mort de cette façon, ça me rappelle qu'elle est âgée et qu'un jour, elle me quittera, et franchement, je n'ai pas envie que ce jour arrive.

— Au fait, j'ai fait mes comptes. Je peux te donner 10 000 euros pour ton restaurant.

— En liquide ?

— Ben oui.

— C'est beaucoup trop Mamie.

— Écoute, moi j'y crois à ta cuisine. Tu montres l'exemple aux gens du pays. Mettre en avant les produits locaux, notre terroir, nos traditions, c'est formidable. Alors prends ce que je te donne. Je ne les emporterai pas dans la tombe.

— Tu ne les as pas chez toi au moins ?

— Mais non, je suis passée à la banque. L'argent sera disponible dans quelques jours.

— Tu es sûre Mamie, tu n'en auras pas besoin ? Parce que je ne pourrai peut-être pas te rembourser avant un an ou deux.

— Rembourser ? On verra ça ma petite fille. Prends l'argent tant que j'en ai.

3

Valentin

La machine à café est en panne, c'est la troisième fois en un mois. Pourtant, il m'avait semblé qu'enfin hier, le vent tournait en ma faveur. J'étais de permanence le soir où un cadavre a été découvert dans cette ville dans laquelle il ne se passe jamais rien, à part les sempiternels tapages nocturnes, les chiens écrasés, les touristes écervelés, les conducteurs en état d'ivresse et malheureusement les accidents de la route. Deux ans que je végète à Tarteville sur mer sans une seule enquête à mener depuis ma formation, je rêve d'une mutation dans le sud de la France où il fait bien meilleur vivre qu'ici. En Normandie, il fait frais et humide d'octobre à avril, à te mouiller les os jusqu'à la moelle. J'en frissonne sous mon uniforme. J'appelle l'Adjudant Muriel et l'envoie chercher des cafés. La tempête s'est terminée en neige si fine qu'on dirait qu'il pleut et je n'ai pas envie de sentir la laine mouillée toute la journée dans mon uniforme, pour ne pas dire, le chien mouillé. En attendant que se présentent le fils et la belle-fille de la victime, je relis le maigre dossier. Pas grand-chose à part ce chausson manquant et le fait que Janine Flochard soit sortie sans manteau en plein hiver alors que la météo annonçait une tempête de neige. Elle n'était peut-être pas au courant vu qu'elle n'avait pas de smartphone. Comment peut-on vivre sans la Wifi aujourd'hui ? Elle mettait un bras à la fenêtre le matin avant de sortir ?

— Lieutenant Valentin Pignal ?

— Moi-même.

— Chantal Flochard, vous m'avez fait convoquer…

Je referme le dossier et lui demande de me suivre dans un autre bureau. J'en profite pour attraper un des cafés que Muriel transporte sur un plateau.

— Asseyez-vous.

Elle a un visage rond, le cheveu mou et le corps flasque et résigné des femmes qui ont abandonné les régimes diététiques.

— Mon mari devrait me rejoindre dans quelques minutes.

— Mettez-vous à l'aise.

Fausse blonde, cheveux attachés par un élastique, elle ôte sa doudoune noire passée. Elle pose sur la pièce le regard de ces femmes qui haïssent tout le monde, mais le cache derrière un sourire mielleux qu'on pourrait prendre pour un sourire serviable. Je laisse passer un silence, c'est ma technique. Ça intimide, ça donne envie à certains de parler, de dire n'importe quoi, parfois de ce n'importe quoi surgit l'indicible.

— Vous m'avez fait venir pour quoi ?

— Pour rien. Question de routine en cas de décès inhabituel.

Je sucre mon café. Elle reste calme, déboutonne un gilet qui est passé à la machine trop souvent.

— Vous étiez où hier soir entre 20 h et 23 h 30 ?

— Chez moi avec mon mari. Nous avons dîné puis regardé une série.

J'enchaîne rapidement sur la prochaine question de peur qu'elle ne me déballe les titres et les synopsis.

— Votre belle-mère avait-elle toute sa tête, je veux dire, lui arrivait-il de faire des choses incongrues ?

— Elle oubliait souvent les choses à faire ou des rendez-vous. Mais vous devriez demander à mon fils, Théo, il vivait avec elle. Il la connaît mieux que personne.

Je note l'info. Le mari entre d'une démarche précipitée, affublé d'un uniforme brun et d'une large ceinture à laquelle pendent un trousseau de clés et deux rouleaux de scotch professionnel. Un homme petit, maigre, au nez curieusement long et étayé d'une moustache touffue.

— Excusez-moi je prends sur mon temps de travail, je suis pressé. J'ai pu venir uniquement parce que j'avais un colis à déposer chez vous.

— Vous faites quoi ?

— Livreur.

— Bien sûr. Vous avez pu vous garer ?

— Justement je suis sur votre parking.

— Je vois. Je vais aller vite et être direct. Vous étiez où hier soir ?

— Avec ma femme. Je suis rentré chez nous à 20 h comme d'habitude, nous avons mangé et regardé une série.

— 20 h, vous êtes sûr ?

— Autour de 20 h 15, les infos sur la Une étaient commencées, pas vrai Chantal ?

Chantal acquiesce. Je devrais leur demander le nom de la série, mais j'hésite de peur d'en avoir pour trente minutes de résumé, pour un peu que ce soit une série policière américaine… Je ne vais pas lui faire perdre son temps, ni le mien.

— Très bien merci. Vous pouvez disposer.

— C'est tout ?

Surprise, elle sourit mielleusement et remet sa doudoune. Lui, il se trouve déjà à la porte, prêt à remonter dans son camion. C'est le bon moment.

— Vous vous souvenez du titre de la série ?

— Le pari de la reine.

Je baisse la tête et les laisse disparaitre.

Je retourne dans mon bureau, rêvasse. Ce couple n'avait pas l'air perturbé. J'imagine qu'à cet âge, on s'attend plus ou moins à perdre ses parents… Muriel montre la tête.

— Fabrice Flochard a pris un PV. Je fais quoi ?

— Merde, donne, je vais voir ce que je peux faire.

— Stéphane Langlois, le propriétaire, est arrivé.

— Fais-le venir. Tu peux rester et taper sa déclaration ?

C'est un gars de mon âge, la trentaine à peine. Un blond, presque aussi grand que moi, maigre, serein parce que la vie n'est pas méchante avec lui. Des fois, je suis vachement conventionnel, je m'imagine toujours les bailleurs en vieux messieurs rentiers ou au minimum de l'âge de mon père.

— Bonjour Lieutenant…

— Valentin Pignal.

Il me la joue d'égal à égal, genre ancien camarade de fac avec une certaine déférence à l'anglo-saxonne. Le gars a voyagé.

— Enchanté, Stéphane Langlois.

J'attends qu'il s'assoie. Mon silence ne semble pas l'affecter, pourtant, il se lance. Le côté homme d'affaires, le temps, c'est de l'argent.

— Cette convocation me surprend.

— Vous n'êtes pas au courant ?

Muriel me fait un petit signe.

— Au courant de quoi ?

— Vous avez perdu une locataire.

— Laquelle ? Nous possédons un parc locatif large, par conséquent je ne connais pas tous les locataires. Par contre, si c'est à Tarteville, ça va être vite vu, je n'ai que deux biens chez vous : une bicoque sur le bord de mer et un manoir dans la ville haute.

— La bicoque.

— Ouf, vous m'avez fait peur.

— Locataire Janine Flochard. Vous la connaissiez ?

— Pas vraiment.

— Elle louait depuis trente-cinq ans.

— Mon père l'a sûrement connue, mais il est mort il y a deux ans. Il a investi à Tarteville sur mer au temps où c'était possible. Cette bicoque est l'un de ses premiers investissements. Il avait le nez fin. J'ai repris son agence.

Ça doit être cool d'hériter. Je me demande si je resterais gendarme si j'héritais d'une société dans un secteur porteur.

— Vous êtes propriétaire de la maison ?

— Non, enfin pas juridiquement. La maison appartient à l'agence.

— Je vois. Elle payait son loyer ?

— Oui, je pense. Vous savez, je vis au Havre et je n'ai pas le temps de devenir copain/copine avec nos locataires. Du moment qu'ils paient, le reste…

— Je comprends.

— Tout ce qui m'importe est de savoir quand notre agence pourra récupérer le bien.

— Tout dépend de mes conclusions d'enquête.

— Elle n'est pas morte de vieillesse ?

— On meurt de moins en moins de cette maladie…

J'ai fait mouche, il a de l'humour. Il se détend, mais cela ne dure que quelques secondes.

— Si vous voulez acheter une propriété dans la région.

Il me tend sa carte tandis que je le raccompagne. À mon avis, il n'a rien à voir avec cette mort. Je le vois mal tuer une petite vieille pour une baraque, certes sur un terrain de premier choix…

Je me retourne vers Muriel qui range le bureau.

— Tu en penses quoi ?

— Le gendre un peu trop séduisant dirait ma mère.

— Je vais convoquer le petit-fils, il vivait avec la victime, mais je pense que l'affaire est claire. Il n'y a pas d'affaire.

— Tu veux interroger Charlotte Latourette ?

— C'est qui ?

— La propriétaire du restaurant La Pompadour sur la rue Courbet, c'est elle qui a découvert le corps hier soir.

— Ah oui. Tu l'as interrogée sur place, non ?

— Oui, mais tu sais parfois les témoins se souviennent après coup d'un détail qui change tout.

— Ça sent l'arrêt cardiaque sur la plage.

— En chemise de nuit ?

— D'après sa fille, la vieille perdait un peu la boule. Le médecin légiste nous confirmera. Pour moi, l'affaire est classée, mais puisque tu insistes, j'essaierai de passer au restaurant. Elle est comment ?

— Pas désagréable à regarder !

— J'y crois pas, si c'était moi on me traiterait de sexiste.

— Faut bien que les femmes aient un avantage dans l'armée !

— Quel genre côté personnalité ?

— Plutôt sympa.

La neige fondue a cessé de tomber et je me dis que de me dégourdir les jambes, ne me ferait pas de mal. Me voilà parti pour un petit tour par la plage. Certains galets sont encore blancs, d'autres mouillés par la marée descendante, un ciel pâle tranche sur la mer agitée. J'en profite pour pousser jusqu'au banc où Janine Flochard a été trouvée.

Deux ados, criant et riant, bataillent à coups de boules de neige. Dès qu'il me voit, l'un d'eux laisse tomber sa boule - l'uniforme impressionne encore les gamins en province. Ils s'éloignent. Ils me font envie, depuis quand je n'ai pas fait une bataille de boules de neige ? Mes vingt ans ? Je m'assois sur le banc.

Ce paysage me rend triste ou est-ce simplement que je m'ennuie dans cette ville sans me l'avouer ? Les deux gamins courent sur les galets maintenant, la caillasse gronde sous leurs pieds. Je me lève et emprunte la rue Courbet. Soudain, j'entends prononcer mon nom, ce qui me sort de mes pensées. Une fille me salue. Je réalise que je me trouve devant la terrasse du restaurant La Pompadour.

Charlotte Latourette a un menton pointu, des joues lisses et des yeux qui pétillent de malice. C'est vrai qu'elle dégage un truc sympa. Elle me salue, attablée avec le poissonnier - que je connais, car il m'arrive de venir acheter des coquillages. Il porte un tablier aussi bleu que ses yeux et une barbiche de Hipster.

— Vous voulez prendre un verre avec nous, Lieutenant ? C'est aux frais de la maison !

Je ne refuse pas, bien que je boive rarement de l'alcool, j'ai fini ma journée et je me dis que c'est le hasard qui la met sur mon chemin.

— Vous avez un service à me demander ?

— Comment vous avez deviné ?

Quand elle rit, ses joues dessinent deux fossettes. Jules se lève.

— Je vais préparer les commandes pour ce soir, Charlotte.

Très bonne initiative du poissonnier, je vais pouvoir parler à mon aise.

— Je suis content d'avoir l'opportunité de vous offrir mes excuses pour hier soir. Je ne vous ai pas blessée au moins ? J'aurais dû aussi m'assurer que quelqu'un vous raccompagne.

— Merci, mais j'ai décidé moi-même de rentrer toute seule comme une grande. Pour ne pas vous mentir, je me suis fait peur.

— Comment ça ?

— Je me voyais déjà poursuivie par le meurtrier.

— Les gens aujourd'hui voient des crimes partout quand il n'y a que des accidents. Nous ne sommes pas en Amérique ici !

— Le pouvoir de l'imagination !

— Sauf qu'on ne résout pas un crime, si crime il y a, avec de l'imagination !

— Vous avez ouvert une enquête ?

— C'est un grand mot. J'ai lu votre déposition, mais j'aimerais l'entendre de vous.

Elle revient avec un verre à pied et me verse du blanc. Je ne le finirai pas, mais j'apprécie sa générosité.

— Merci.

— Comme je l'ai déjà dit, je sortais de chez ma grand-mère. Mon restaurant ferme les lundis, mardis et dimanches soir. En hiver, il y a peu de touristes et les locaux ne sortent pas trop.

— Votre affaire survit, si je puis me permettre ?

— Vaste question, c'est l'année du bilan, j'ai ouvert il y a trois ans. J'ai de gros doutes... Pourtant, à voir les commentaires sur le site les 3 fourchettes, La Pompadour est le deuxième meilleur restau de Tarteville derrière celui du Golf.

— Être le meilleur ne garantit plus le succès. Vous avez toujours vécu ici ?

— Non, j'ai vécu à Paris, j'ai fait trois années en fac de Lettres. Ça m'a gavée, ensuite, j'ai passé le concours d'hôtesse.

— Restauration déjà ?

— Non, hôtesse de l'air. Je me suis plantée lamentablement, ça m'a gavée une deuxième fois. J'ai tout plaqué et je suis revenue au pays. Quelques mois plus tard, je montais ce restaurant avec un prêt de mes parents et de la banque.

— Vous devez beaucoup d'argent ?

— Suffisamment pour être fauchée pendant dix ans ! Donc, voilà, je pensais à la banqueroute, même si ma Mamie me soutient, j'avais besoin de réfléchir. Et je réfléchis mieux en marchant.

— Moi aussi.

— Ça nous fait un point commun.

— Deux.

— ?

— Avant d'être muté ici, je vivais à Paris.

— Ça a dû vous faire bizarre. Vous devez vous emmerder à Tarteville, non ?

— Un peu.

— Venez dîner dans mon restau !

— J'y penserai la prochaine fois que je n'ai rien dans mon frigo.

Cette façon, l'air de rien, de me faire l'article de son restau m'amuse. Les gens, aujourd'hui, passent leur temps à essayer de vous revendre quelque chose. Nous sommes tous devenus le client de l'autre.

— Donc vous marchiez sur la plage.

— Sur la terrasse. J'ai aperçu quelqu'un couché sur le dernier banc.

— Janine Flochard.

— Oui, je me suis approchée, j'ai vu un de ses bras pendre, j'ai attrapé son poignet - j'ai un brevet de secouriste ; c'est obligatoire pour devenir hôtesse et c'est utile quand on a un restaurant. Je ne sentais pas son pouls. Alors, je me suis inquiétée et j'ai appelé la gendarmerie. Votre caserne est plus près de la plage que celle des pompiers, je me suis dit que vous arriveriez plus rapidement.

— Bien vu. Vous n'avez touché a rien d'autre ?

— Je ne crois pas.

— D'autres détails qui vous seraient revenus ?

— Il me semble qu'elle avait du sang sur la tempe. Il faisait nuit, difficile de dire.

— La chute sur le banc peut-être, à cet âge on marque vite. La peau est plus fragile.

— Et aussi elle avait un pied nu et l'autre portait un chausson. Vous avez retrouvé le chausson manquant ?

— Je ne peux rien dévoiler à un tiers tant que l'enquête est ouverte.

— Évidemment. Je ne voudrais pas faire mon enquêtrice, mais il y a quelque chose qui cloche dans ce que j'ai vu. Pourquoi une vieille dame irait à la plage si tard et en pleine tempête de neige en chemise de nuit et pas coiffée ?

— Sa belle-fille m'a dit qu'elle perdait la boule de temps à autre.

— Quand même !

— Vous regardez trop de séries.

— Vous croyez que j'ai le temps avec le restau ? Mon chef arrive dans dix minutes, je ferais bien de m'activer.

— Désolé de vous avoir retardée. Merci pour le verre.

— Y a pas de quoi. C'est La Pompadour qui rince !

Je repars un peu grisé. Deux gorgées, deux gorgées de politesse. J'ai grandi dans une famille dans laquelle on ne buvait pas d'alcool, alors depuis que je ne refuse pas un verre de vin de temps en temps, je me retrouve dans des états dont je n'ai pas vraiment l'habitude. Je ne peux pas dire que ces états soient agréables, mais ils ne sont pas complètement désagréables non plus.

4

Valentin

Tiens, le chocolat ne coule plus. Cette machine à boissons chaudes déraille à plein tube. J'observe l'Adjudant Muriel Lebrun cogner du poing sur la bécane. En vain, rien ne descend. Elle attend. Elle est d'une patience… Il y a longtemps que j'aurais laissé tomber. On pourrait remplacer cette machine par une cafetière et une bouilloire et préparer nos boissons nous-mêmes. Fini la fouille des poches à la recherche de monnaie qu'on n'a jamais et les pannes endémiques de gobelets. Je vais le proposer au comité.

Elle tape de nouveau. Un bruit de jackpot envahit le couloir. Les pièces de monnaie dégringolent et déferlent sur le linoléum. Muriel a décroché la timbale. Bingo banco. On se croirait au casino. Ni une ni deux, elle ramasse les pièces, aidé d'un adolescent maigre au visage poupon qui vient d'arriver. Je l'interpelle. Il s'excuse mollement et entre dans le bureau tandis que Muriel s'en met plein les poches et disparaît. Elle ne manque pas d'air. En même temps, ce ne sont que des pièces de 1 ou 2 euros, pas le Millionnaire !

J'invite l'adolescent à s'asseoir.

— Nom, prénom ?

— Théo Flochard.

Un rebelle ou un distrait. Il ne ressemble à aucun de ses parents. Je fais mine de mettre de l'ordre dans mes papiers et le laisse mariner. Il se tient bras croisés, tête baissée à contempler ses Nike qui paraissent toutes neuves. Le silence ne l'angoisse pas, alors je me lance :

— Votre mère m'a dit que vous viviez avec votre grand-mère. Du coup, j'ai une question simple : vous étiez où le soir de sa mort ?

— Au cimetière.

— À quelle heure ?

— J'y suis allé vers 20 h.

— Vous passez souvent vos soirées au cimetière ?

— Tous les soirs.

— Pour quoi faire ?

— C'est le seul coin peinard où retrouver les copains et boire des bières.

— Vous pouvez m'écrire les noms de vos copains ?

— Tous ?

— Non, ceux qui étaient avec vous mardi soir.

Il détourne presque imperceptiblement la tête. Tristesse, gêne ? Il écrit deux noms sur le calepin que je lui tends.

— On va vérifier.

— Comme vous voulez.

— Vous êtes rentré à quelle heure ?

— Vers 21 h 30, la tempête commençait.

— Parce que d'habitude vous restez plus tard ?

— Parfois jusqu'à 22 h, 23 h, ça dépend du temps et du nombre de bières qu'on peut s'acheter.

— Vous avez parlé avec votre grand-mère en rentrant ?

— Non, elle était déjà couchée.

— Elle se couche à quelle heure ?

— 20 h 30.

— Tous les jours ?

— Oui.

— Elle se lève à quelle heure ?

— Je sais pas. Le matin, je dors.

L'esprit rebelle qui se manifeste de nouveau.

— Vous avez bien une idée ?

— 5 h ou 6 h. On se croisait quoi !

— Je vois. Elle vous semblait avoir toute sa tête ?

— C'est quoi la question ?

— Elle oubliait des trucs, des rendez-vous, ses clés…

— Non.

— Votre mère m'a dit le contraire.

— Peut-être que je n'ai pas fait attention.

Il a l'air de planer. Peut-être qu'il fume du cannabis en buvant ses bières.

— Elle sortait le soir avant d'aller se coucher ?

— En été surtout.

Elle aurait oublié que c'était l'hiver ? Possible. Je le remercie et lui demande de se tenir à notre disposition. Il sort de mon bureau d'une démarche très aérienne. Décidément ce garçon est abstrait.

Je m'étire et feuillette les dépositions du fils Flochard et du propriétaire, ajoute celle du petit-fils afin de les classer une bonne fois pour toutes et passer à autre chose. Muriel revient portant un plateau du bistro d'en bas avec six cafés. Elle en dépose un sur mon bureau.

— Je te dois combien ?

— Cadeau. J'ai payé avec le gain de la machine.

— Honnête !

— Tu en doutais ?

Le téléphone sonne. Je décroche puisque personne ne répond et que l'Adjudant est en mode barmaid. Je reconnais de suite le ton du Commandant de notre unité. Un homme très pointilleux, qui savoure la discipline comme on savoure un l,enqu et qui n'a aucun sens de l'humour. Je sens mon corps se raidir au son de sa voix.

— Lieutenant Pignal, mon Commandant.

— Vous répondez au téléphone ?

— L'Adjudant Lebrun est en mission. Je vous écoute, Commandant.

— Vous en êtes où sur le dossier Flochard ?

— Justement je relisais les dépositions de son fils et…

— Je viens de recevoir le rapport du médecin légiste. La victime est morte par asphyxie. Le parquet a fait une demande d'autopsie. Vous en dites quoi ?

Je suis pris de court, mais je comprends qu'il me faut aller dans sa direction.

— Il y a effectivement des incohérences sur les conditions de la mort de Janine Flochard…

— Je vous ordonne de lancer immédiatement une enquête de terrain pour homicide : filatures, recherches de preuves, surveillance. Il est hors de question de se coltiner la Police Judiciaire de la capitale. Je compte sur vous.

Je suis sonné. Dire que j'allais fermer le dossier. Je me prends une de ses claques. Il enchaîne :

— Je veux un résultat sous les dix jours. Vous me trouvez un coupable. Avant la saison touristique de printemps, Tarteville sur mer et toute la côte se doivent de rassurer les visiteurs. Les plages sont sécurisées. Le message est clair. Nous devons montrer notre efficacité en termes de sécurité et notre force.

— À vos ordres, mon Commandant.

Je raccroche hébété. Muriel revient avec un café.

— T'en fais une tête ?

— Janine Flochard serait victime d'un acte criminel et nous avons dix jours pour résoudre l'enquête.

— C'est officiel ? Ça vient d'où ?

— D'en haut. Je viens d'avoir le Commandant.

— Et mes congés ?

— Tu oublies jusqu'à nouvel ordre. La victime serait morte d'asphyxie et non pas de mort naturelle. J'ai l'enquête sur les bras. Je me charge d'interroger les membres de la famille, tu récoltes toutes les infos possibles auprès des habitants.

— Tu plaisantes ? Ça va faire sept ans que j'opère à Tarteville, et je n'ai encore reçu aucune confidence. Les gens d'ici se taisent. Ils ne parlent pas aux outsiders.

— Seulement deux ans pour moi. Nous sommes cuits.

— Tu as quoi dans le dossier Flochard ?

— Des bricoles. Trois suspects avec des alibis et aucun mobile.

Elle boit le café restant, qui doit être froid, à petites gorgées, mais qu'elle le finisse.

— Qui est le plus ancien dans notre gendarmerie ?

— Le Commandant.

— Merde.

Elle s'assoit en face de moi.

— J'ai peut-être une idée.

— Vas-y toujours.

— Charlotte Latourette.

— Quoi Charlotte Latourette ?

— Elle est du cru. Elle est née ici. Elle connaît tout le monde et sa grand-mère aussi. On pourrait essayer de la persuader de nous renseigner.

— C'est dangereux d'impliquer des civils dans une enquête judiciaire. Il y a un risque.

— Parce qu'on a le choix peut-être ?

— Tu penses pouvoir la persuader ?

— Bah non, c'est à toi de lui proposer. Nous augmentons nos chances de la convaincre. Psychologiquement, ton grade et ta position auront plus de poids.

— Pourquoi, elle nous aiderait ?

— Elle est très proche de sa grand-mère, donc ce crime va la choquer. Joue sur cette corde sensible.

— Je l'ai vue hier en fin d'aprèm. Comme tu me l'avais suggéré, je me suis arrêté à La Pompadour. C'est coquet. J'en ai profité pour m'excuser, j'ai été un peu brutal l'autre soir. L'enquête avait l'air de l'intéresser, c'est vrai... mais de là à ce qu'elle s'implique pour nous…

— À toi d'être convaincant.

— Merci Adjudant. Informe notre unité. Je veux tout le monde en salle de réunion dans trente minutes.

Charlotte Latourette m'a joué la théorie du meurtre. Sait-elle quelque chose que nous ignorons ? Pur hasard ou fantaisie ? L'influence des séries et l'engouement pour les faits divers rendent les gens suspicieux. Ils voient des crimes partout. Ils se font surtout des films la plupart du temps sur rien, un potin, un ouï-dire. Ils soupçonnent toujours les innocents : ceux qui ne sont pas serviables, qui ne disent pas bonjour ou qui reçoivent peu d'amis chez eux.

5

Charlotte

Maigret n'arrête pas de miauler, je me demande pourquoi. Ce chat devient complètement caractériel.

— Tu n'aimes pas ta pâtée ? C'est la plus chère du Super U. Je sais que tu préfères les coquilles Saint-Jacques, mais c'est plus trop la saison, mon bonhomme !

Je m'apprête à descendre en salle quand j'entends tambouriner à la porte. Je me penche à la fenêtre et je vois un képi et les épaulettes d'un uniforme de gendarme.

— C'est pour quoi ?

Le képi bascule et je reconnais le visage du Lieutenant Valentin Pignal.

— Encore vous ?

— Je vous réveille ?

— Non. Qu'est-ce que vous voulez ?

— Vous parler quelques minutes.

Décidément. Je descends, j'ouvre la porte du restau, le Lieutenant remplit l'embrasure du haut de son 1,90 m, nerveux et perturbé. Je l'invite à entrer, il trébuche tandis que je mets la machine à café en route. Une machine italienne qu'il remarque en amateur de bon café.

Il pose une main sur un des tabourets du comptoir.

— Je peux ?

Il enfourche le siège et pose ses coudes sur le zinc. Il observe autour de lui à 180 degrés.

— Y a un problème ?

Je sais qu'il examine la déco pour se faire une idée peut-être du genre de fille que je suis. Je me fais un café. J'en ai besoin, je n'ai pas l'habitude de commencer ma journée en compagnie d'un étranger, encore moins en compagnie d'un gendarme.

— Vous en voulez un ?

Il fait signe que oui.

— La mort de Janine Flochard n'est pas accidentelle.

Je m'en réjouis, non pas d'avoir eu raison, mais pour Mamie. Ça sent le crime. Elle va se faire une joie d'avoir un meurtre local à se mettre sous la dent et si près de chez nous. Depuis le temps qu'on en rêvait secrètement toutes les deux.

— Assassinée ?

— C'est l'objet de l'enquête de le déterminer.

— Vous me dérangez pour me parler de quelque chose dont vous ne savez rien ?

— Pas tout à fait.

Je pose un express devant lui. Il met trois sucres, trois. Ben voyons, c'est gratuit. Tourne sa cuillère en raclant le fond. Ça me crispe. Il boit une gorgée, repose sa tasse. Il ne va pas ajouter un quatrième sucre…

— Nous n'avons aucune piste. Le propriétaire de la maison de Janine Flochard a un alibi, son fils et sa belle-fille aussi. Le petit-fils n'est pas loquace… J'ai le sentiment que les gens d'ici ne parlent pas, surtout pas aux étrangers. Comme à la gendarmerie aucun de nous n'est du coin…

— Remarquez vous ne faites pas beaucoup d'efforts ! Vos salaires sont si misérables que vous n'avez pas de quoi manger au restaurant ?

Il rougit légèrement, mais ne se sent pas assez visé pour s'excuser.

— J'ai pensé…

— Vous avez pensé quoi ?

— Ne vous braquez pas, laissez-moi vous expliquer.

Les "mecsplique" il y en a aussi chez les gendarmes. Rien d'étonnant, finalement. Ils ont la loi de leur côté.

— Vous avez eu une intuition qui se révèle juste. Vous connaissez bien la ville, ses habitants. Moi, je peux interroger tout ce que Tarteville compte comme pipelettes et je n'obtiendrai pas la moindre confidence qu'une native comme vous peut obtenir.

— Vous me proposez de devenir votre service de renseignements ? De trahir mes clients, mes amis ?

J'allais me faire un deuxième café et lui en proposer un aussi, mais je me retiens et croise les bras.

— Pas exactement. Tout de suite les grands mots. Vous démarrez au quart de tour !

— Expliquez-moi.

— Vous connaissiez Janine Flochard ?

— De vue, oui.

— Et votre grand-mère ?

— Vous recrutez aussi ma grand-mère ?

Il rit.

— Bon cessons de parler la langue de bois. Je vous propose de m'assister à mener l'enquête.

— Officiellement ?

— Non, quand même pas.

Je suis flattée, mais je reste sur mes gardes. Un professionnel comme lui, demander de l'aide à une restauratrice au bord du dépôt de bilan ? Il y a quelque chose qui cloche chez ce mec. Il est plutôt habitué aux chats écrasés, aux conduites en état d'ivresse et aux accidents de voiture. C'est sûr, un crime a de quoi lui foutre les foies.

— Mais quoi ?

— Je vous propose de m'épauler en souterrain. Vous rencontrez aussi une partie des gens de passage. Avez-vous vu ou croisé un étranger le soir de la mort de Janine Flochard ?

— La Pompadour était fermé et j'ai passé la soirée chez ma grand-mère. Ça vous va comme réponse ?

— Je vous le demandais à titre d'exemple. Vous collectez toutes ces petites informations. Et nous nous réunirons pour confronter vos informations et les miennes. Je suis sûr qu'il en sortira quelque chose.

— Je tiens un restaurant. Cela veut dire que je travaille tous les soirs jusqu'à minuit. Je n'ai pas trop le temps de noter et colporter des « on dit ».

— Vous savez la plupart des ragots sont basés sur des vérités ou bien des mensonges pour cacher une vérité que l'on veut faire disparaître.

Philosophe en plus. Je n'imaginais pas les gendarmes sur ce terrain.

— Et qu'est-ce que je gagne dans cette salade ?

— La possibilité d'une reconversion.

— Moi ??? Gendarme ?

— N'exagérez pas.

— Je n'ai pas encore fait faillite.

— Vous n'avez jamais eu envie d'être enquêtrice ?

Il me prend par les sentiments… Je me demande comment il a eu cette information. Aurait-il de l'intuition ? Ou un ragot entendu dans un troquet de la ville qu'il teste.

— Ma reconnaissance à vie, ça vous irait ?

— Ça me fait une belle jambe !

Il se fout de moi. Je ne suis pas à sa disposition et pourquoi je ferais son boulot et gratuitement en plus ?

— Je veux bien un autre café, si ça ne vous dérange pas.

Et sans gêne par-dessus le marché. Je lui en fais un, mais le cœur n'y est pas.

— Vous ne trouvez pas cette mort… choquante ?

— C'est surtout lâche, tuer une femme âgée. Je voudrais bien savoir quel salopard a pu faire ça.

Et encore trois sucres dans sa tasse.

— Si vous m'aidez nous le saurons plus vite.

Il n'a pas tort. Je déglutis le fond de ma tasse. Sa proposition est tentante. Si je raconte à Mamie que j'ai refusé la proposition du Lieutenant, elle sera vraiment déçue. Elle ne me le pardonnerait pas quelque part. Et elle aurait raison. La vie nous offre sa dose d'opportunités que l'on prend ou pas. Résoudre une enquête, confronter le coupable d'un crime odieux, c'est toute sa vie à Mamie et pour le coup, un peu la mienne aussi.

Il se lève. Je passe un grand coup d'éponge sur le comptoir machinalement et plonge sa tasse dans le lave-vaisselle. C'est fou dans ce métier, les gestes machinaux qu'on adopte.

— Je vous laisse réfléchir ?

Il part tranquillement, je file à la cuisine et sors les poubelles sur le trottoir.

— Je peux vous aider ?

C'est encore lui. Au moins, il se rend utile. Je ne refuse pas, elles pèsent une tonne.

— Vous les remplissez de cailloux de peur qu'on vous les vole ?

Je grimace sur son humour tandis qu'il les emporte sur la chaussée.

— Vous avez réfléchi ?

— Vous ne perdez pas de temps, vous ?

— Se réunir le matin ce serait envisageable pour vous ?

— Ah non, le matin, je dors !

Il ouvre des yeux de grenouille. Ma parole, ils vont lui sortir de la tête.

— Jusqu'à quelle heure ?

Les gens ne se rendent pas compte qu'en restauration, on travaille toute la journée sur nos guiboles et jusqu'à tard le soir. Rester au lit en position allongée est un luxe que je ne me refuse pas.

— J'ai une meilleure idée. Comme je ne fais plus de services le midi, je vous propose des déjeuners. Passez au restau, il reste toujours des trucs dans le frigo. Vous déjeunez à quelle heure ?

— 12 h 30 les jours sans couacs. Les gens ne vont pas jaser ?

— Sur quoi ?

— Vous voyez ce que je veux dire.

Moi avec lui ? Elle est bonne celle-là. Comme si j'avais le temps en plus du restaurant et de l'enquête de m'envoyer un gendarme d'un mètre quatre-vingt-dix. L'idée même de l'imaginer dans ma chambre… Il prendrait trop de place… Du coup, je réfléchis et j'en conclus qu'il a raison. Ça ne va pas du tout, mais pas pour les mêmes raisons.

— Si les gens s'imaginent que nous sommes ensemble, ils ne me parleront plus aussi aisément.

Il a l'air un peu embarrassé. Il s'y voyait ou quoi ?

— Et bye bye confidences et petits secrets.

— Il serait préférable de nous rencontrer en rase campagne.

— Quand même pas. Je vous propose de nous retrouver au restau du golf. Il est fréquenté uniquement par les Parisiens et quelques riches d'ici qui ne s'y rendent pas en semaine.

— Affaire conclue.

— Maintenant vous pouvez me dire qu'est-ce qui vous fait dire que ce n'est pas une mort naturelle.

— Elle est morte d'asphyxie en plein air.

Je le regarde incrédule. C'est énorme.

— Elle a été assassinée ?

— Pas si vite. Cela veut seulement dire qu'elle n'avait plus assez d'oxygène dans le sang, et donc dans le cerveau, et que cela a causé sa mort. Le parquet a fait une demande d'autopsie. Les résultats nous en diront plus et nous donneront des pistes sérieuses.

Mamie ne va pas en revenir. J'ai hâte de lui annoncer. Si on m'avait dit un jour que je mènerais une enquête.

— Vous connaissez les Flochard ?

— C'est une grande famille. Je crois que Janine avait trois enfants, mais ça a donné peu de petits-enfants. Je connais un de ses petit-fils, Théo, il travaille avec Jules…

— Jules ?

— Le poissonnier.

— Depuis combien de temps ?

— Depuis l'été dernier, il me donne aussi un coup de main en salle dans les coups de bourre.

6

Charlotte

Mon premier jour en tant qu'enquêtrice et je me réveille avec un mal de tête à se flinguer. En même temps, je suis excitée comme une puce, prête à fourrer mon nez dans les affaires des autres plutôt que dans les miennes. Ça fait du bien, mes soucis d'entrepreneur me pèsent. Je frisais la déprime. Un peu d'évasion et d'aventure me changent les idées. Je revis, Maigret aussi. Il est d'humeur câline et ronronne dans mon cou.

Par quoi commencer ? Retourner sur les lieux du crime ? Faire une liste des suspects, ou reconstituer la journée de la victime ? Je bondis hors du lit, avale deux Doliprane.

— Maigret, c'est un grand jour aujourd'hui. Je compte sur toi pour m'inspirer, me montrer le chemin. Tu ne t'appelles pas Maigret pour rien.

Il approuve d'un miaulement liquoreux. Il n'est pas contrariant pour deux sous, mon chat.

Un village écoute désolé
Le chant d'un oiseau blessé
C'est le seul oiseau du village
Et c'est le seul chat du village
Qui l'a à moitié dévoré
Et l'oiseau cesse de chanter
Le chat cesse de ronronner
Et de se lécher le museau [2]

J'ai décidé de passer par la plage avant de me rendre chez Kevin. Kevin tient une boutique de cadeaux et de bijoux artisanaux qu'il confectionne lui-même. Les touristes se les arrachent l'été. Faut dire, il est bon vendeur. Une vraie commère avec ses clientes.

Je trempe ma tartine de camembert dans mon café noir. Miam. N'est pas normande qui veut. J'en

---

1. [2] *Le chat et l'oiseau* de Jacques Prévert (extrait)

offre quelques morceaux à Maigret prenant garde d'éliminer la croûte, qu'il déteste. Je ne pourrai pas annoncer l'incroyable nouvelle à Mamie avant dimanche, trop de trucs sur ma *to do list*.

Jour de marché oblige, les rues et places sont encombrées de stands, de parasols et de véhicules entre lesquels je me faufile jusqu'à la plage. J'évite certains marchands pour ne pas perdre de temps dans des bavardages sans fin.

Apparaît la mer. Calme, elle resplendit d'un vert hawaïen au pied des falaises. La neige a complètement fondu, ne reste plus que la blancheur des falaises, plus blanche qu'une poudreuse en haute montagne. Je respire un grand coup, m'assois sur le banc sur lequel j'ai découvert Janine Flochard. Jette un regard circulaire, essaie de me mettre dans sa peau. Qu'a-t-elle vu avant de mourir ? Il faisait nuit certes, mais le ciel n'est jamais complètement noir sur notre littoral. Pourquoi est-elle venue sur la plage enneigée ? Comment a-t-elle perdu son chausson ? Mon regard tombe sur les kayaks retournés. Le week-end dernier, la température était si clémente pour un mois de février que le club a ouvert exceptionnellement. D'après Mamie, la baie de Tarteville offre un micro-climat digne de celui que l'on trouve sur les îles bretonnes. Dans la peau de Janine, je me concentre autant que je peux, mais pas un signe, pas une intuition ou un murmure.

Je déambule sur notre croisette, personne ne l'appelle ainsi, cependant notre bonne petite ville n'a rien à envier à Deauville. Je passe devant le casino, prends la rue Renoir direction la boutique de Kevin.

Il n'est pas seul. Un grand blond se tient derrière la caisse avec lui. Encore une de ses conquêtes !

— Salut ma Charlotte. Notre héroïne ! Tu sais que c'est elle qui a trouvé le cadavre de ta locataire ?

Je me retourne sur le grand blond, en oublie de le saluer. Je rêve ou Kevin est l'ami du suspect numéro un dans cette affaire ? Quand on possède un bien immobilier de premier ordre avec vue sur la mer, on tient le mobile idéal. J'espère qu'il a un alibi en béton.

Le grand blond me fait une grimace que je ne peux qualifier de sourire. Je me demande s'ils ont passé la nuit ensemble le soir du crime. Il manquerait plus que mon meilleur ami soit impliqué dans mon enquête. J'ai peut-être accepté trop vite la proposition du Lieutenant Pignal. Avec

Kevin, je m'attends à tout. Il se croit irrésistible et il n'a pas l'air d'être le seul, vu son succès auprès des hommes. Kevin a dû lire dans mes pensées parce qu'il ajoute :

— On se connaît depuis le lycée au Havre. Je lui ai proposé de venir avec moi. Tu ne le devineras jamais, il est convoqué à la gendarmerie. Ce n'est pas un meurtre quand même ? Ou alors, t'as un ticket chez eux, Stéphane !

Je ne commente pas. Le grand blond minimise :

— Nan, juste un petit interrogatoire de routine, d'après ce que l'on m'a dit au téléphone.

Je le trouve jeune pour être propriétaire d'une baraque à Tarteville, vu la flambée des prix ces dernières années. Kevin lit définitivement dans mes pensées, on se connaît par cœur :

— Stephane a hérité de l'agence immobilière de son père. Ce n'est pas à moi que ça arriverait !

— Tes parents sont morts Kevin.

— Et ils m'ont laissé la bagnole, ponctue Kevin dans un éclat de rire.

— Dans laquelle tu te déplaces toujours, je te signale.

Le grand blond sort de derrière le comptoir.

— J'y vais. J'ai des travaux au manoir à valider avant l'interrogatoire, Stéphane prononce chaque mot en "oir" comme s'il avait un château renommé en bouche.

— Fais pas ton malin, les gendarmes sont susceptibles à Tarteville-sur-Mer.

— Je serai doux comme un agneau. On déjeune ensemble ?

— Sûr. S'ils ne te jettent pas en prison.

Il sort et la sonnette se met à tintinnabuler. Ce son m'exaspère. Kevin adore ce bruit de clochettes, ça lui rappelle la boulangerie de son enfance.

— Tu me l'avais caché celui-là.

Il soupire.

— Laisse tomber, c'est un mange-tout.

— Mais encore ?

— Le fils de riche qui veut le beurre, l'argent du beurre, la crémière et le fils de la crémière, si tu vois ce que je veux dire.

— Bi ?

Il acquiesce et soupire.

— Qu'est-ce qu'il m'a fait souffrir quand j'avais 15 ans…

— Et aujourd'hui ?

— Plus rien. Pas ça. Je le vois de temps en temps, surtout quand il a besoin de moi !

— La maison vendue, tu en seras débarrassé alors !

— Apparemment ce n'est pas du tout son intention. Moi, je lui louerais bien la baraque.

— Je croyais que tu voulais vivre dans une grande ville.

— Oui, mais pour des week-ends en amoureux… Tu déjeunes avec nous ?

— Pas le temps.

— Tu m'impressionnes. Si j'avais trouvé un macchabée sur la chaussée, je serais hystérique.

— Je n'ai pas l'air, mais j'ai flippé.

— Oh ma pauvre, héroïne malgré toi ! C'est beau.

Dans sa boutique, Kevin parle fort comme un acteur sur une scène de théâtre. Il joue son rôle.

— Je file.

Comme la boutique de Kevin se trouve à côté de celle de la conserverie « La Belle-Iloise », j'y entre. Je n'ai jamais compris pourquoi les touristes achetaient du thon et des sardines bretonnes en Normandie. Faudra que l'on m'explique un jour. Je choisis une boîte de sardines à l'eau pour Maigret. Sa maîtresse embringuée dans une enquête, ça se fête, même si je n'ai aucune idée de comment je vais procéder. Je tâtonne, mais j'ai l'intuition que les commerçants en savent plus sur les gens qu'ils ne le laissent entendre. Je connais de vue la vendeuse. Elle travaillait l'été dernier à mi-temps à la boulangerie de la rue Monet qui me livre le pain. Elle s'ennuie dans cette boutique. Je pose la conserve sur le comptoir de la caisse, sors ma monnaie.

— C'est tout ?

Elle est déçue et elle engage la conversation pour me retenir un peu. Il n'y a pas grand monde qui passe dans la boutique.

— Nous en avons à l'huile et au citron.

— C'est pour mon chat.

— Ah. Ça a dû te faire tout drôle l'autre soir de trouver Janine Flochard raide sur un banc, dit-elle me rendant la monnaie.

À Tarteville, les nouvelles se déplacent plus vite par le bouche-à-oreille que via les réseaux sociaux.

— Je n'ai pas compris de suite. Mais quand j'ai réalisé qu'elle était morte, j'ai eu envie de fuir.

— Tu m'étonnes. C'est ce que j'aurais fait. Quelle angoisse. Dire qu'elle est passée le matin même ici.

— Ah bon ? À quelle heure ?

— À 11 h 00 - 11 h 05. C'est l'heure ou le facteur vient prendre les colis. Je regrette de l'avoir envoyée bouler… Faut dire qu'elle était chiante parfois et voleuse en plus.

— Si on écoute tous les ragots.

— Voleuse, j'en suis sûre. Je l'ai chopée plusieurs fois.

— Tu faisais quoi, du coup ?

— Je lui disais gentiment de reposer la boîte dans le rayon quand je la surprenais conserve à la main. Quand je n'étais pas sûre, je laissais couler, je me disais peut-être qu'elle meurt de faim. Vu la famille de cassos qu'elle a…

— Tu n'as jamais appelé son fils ?

— Non.

— La gendarmerie ?

— Non, quand même pas. Pauvre vieille, elle me faisait de la peine. Et puis hein, c'est pas mon business, ça passe dans les pertes et profits !

— Y a pire que voler des sardines.

— Parfois elle se pointait avec un sac de pièces de 1 et 2 centimes et pendant que je vérifiais que le compte y était, elle chapardait la maline. Elle devait bien avoir le temps de glisser une ou deux boîtes dans son cabas. Le jour où j'ai compris son manège, je lui ai fait compter ses pièces jusqu'à la dernière.

Janine Flochard était rusée, elle ne se serait donc pas laissé tuer facilement. A-t-elle été prise de court, par surprise ?

— Si j'avais su qu'elle allait mourir le soir même, je l'aurais laissée partir avec la boîte de thon.

Je sors de la boutique avec mes sardines au sel de Guérande, achète un petit carnet et des feutres effaçables chez le papetier de la Grand Rue et file au restau. Je note tout ce que je viens d'entendre sur Janine Flochard, et le propriétaire de sa maison, je commence même un emploi du temps de la victime le jour de sa mort. Puis j'appelle Jules pour créer le menu du soir.

7

Charlotte

Le Lieutenant Valentin Pignal est déjà à table en polaire à carreaux et jeans. Sans son uniforme, il paraît plus doux. Il a eu le temps de vider la corbeille de pain, je dois être sacrément en retard. Je me précipite sur la chaise vide. Il m'a laissé la vue sur la mer. C'est gentil.

— Excusez-moi, un contretemps avec mon poissonnier.

Il a l'air tendu ou furieux, ou les deux. Trente minutes de retard, c'est beaucoup, mais ce n'est tout de même pas la Manche à boire. Je pose mes feutres et mon carnet sur la table.

— Pour me faire pardonner, je vous cède la vue.

— Ça ira. C'est quoi ces feutres de coloriage ?

— Des couleurs différentes pour mieux organiser mes notes.

— Vous prenez votre mission très à cœur, c'est bien, seulement aujourd'hui il ne nous reste qu'une demi-heure, j'ai un interrogatoire à 14 h.

Je me laisse tomber sur la chaise.

— On pourrait se tutoyer ?

— Pendant l'enquête ?

— Ça simplifiera son déroulement et notre coopération.

Il me tend le menu cartonné.

— Vous vou… Sole ou poulet rôti petits légumes ?

— Sole.

— Poisson sur toute la ligne.

Il a de l'esprit.

— Les produits de la mer sont ma deuxième passion.

Il appelle la serveuse et commande pour nous deux. C'est super old school, mais dans le cadre de notre mission, je trouve ça séduisant. Je commande un Perrier et lui un Coca.

— Et votre… ta première passion, c'est quoi ?

— Les enquêtes de police.

— J'ai tapé dans le mille, donc.

Son visage s'illumine d'un sourire victorieux.

— On se lance ?

La deuxième chose que je préfère au restau du golf après la bouffe, c'est la vue. Par temps clair, on aperçoit le mur de falaises qui se déroule jusqu'à Fécamp.

— L'interrogatoire de Stéphane Langlois, le propriétaire de Janine Flochard n'a pas donné grand-chose. Il a un alibi solide.

— Marrant, je l'ai rencontré dans la boutique d'un de mes amis. Langlois n'a pas l'intention de vendre la maison où Janine habitait.

Il me regarde d'un œil inquisiteur.

— Quelle boutique ?

— La boutique de cadeaux et bijouterie artisanale de Kevin Boudin, rue Renoir. Vous ne connaissez pas ?

— Si, j'y ai acheté un cadeau pour un départ en retraite d'un collègue l'année dernière.

Il replonge dans ses notes.

— Le rapport d'autopsie confirme votre première intuition. La victime a été étouffée.

Je n'en crois pas mes oreilles. J'ai découvert une vraie scène de crime. J'en frissonne. Une chair de poule me gagne, des doigts de pieds au cuir chevelu. J'aurais pu moi aussi y passer…

— Les analyses révèlent la présence de particules de duvet naturel. L'homicide n'a donc pas forcément eu lieu sur la plage. Dans son lit, peut-être, j'ai fait vérifier si sa literie était en plumes.

— Et ?

— Positif. Le décès s'est produit en début de soirée.

— Elle était donc morte depuis quelques heures quand je l'ai trouvée.

Il acquiesce.

— Nous n'avons pas trouvé de traces qui prouvent qu'elle a marché pieds nus sur la terrasse. Le médecin légiste n'a rien collecté sur la plante des pieds qui correspondrait au pavement de la rue ou de la terrasse. Ce qui voudrait dire que quelqu'un l'a portée sur le banc… mais pourquoi ?

— Vous avez retrouvé le chausson manquant ?

— Pas encore.

Je note ces dernières informations et lui confie ce que j'ai appris sur la victime.

— Janine Flochard chapardait à la boutique de la conserverie « La Belle-Iloise ».

— Je regarderai si je trouve un rapport ou une verbalisation sous son nom.

— Je doute que les gens d'ici appellent les gendarmes pour une petite vieille du cru qui vole une boîte de conserve.

— C'est tout ce qu'elle volait ?

— Je sais pas. Je vais me renseigner. Elle ne bouclait pas les fins de mois ?

— D'après nos renseignements, si. Retraite minimum et pension militaire de son défunt mari. Assez pour payer ses factures mensuelles et se nourrir.

— Elle mettait peut-être de l'argent de côté ? C'est une obsession chez certaines personnes âgées. J'en sais quelque chose, ma grand-mère me voyant dans les difficultés financières avec le restau m'a proposé de me prêter une somme que je ne l'imaginais pas posséder.

— Je n'écarte pas le crime crapuleux.

— On aurait tué la vieille pour ses économies ? Cela veut dire que quelqu'un aurait découvert qu'elle thésaurisait sous son matelas…

— Le mobile est fréquent. Et c'est généralement un proche de la victime.

Les soles arrivent fumantes avec une sauce à la normande, crème, champignons, crevettes. Un classique. Nous déblayons la table, je pousse feutres et carnet sur la table voisine.

— Ça ne vous dérange pas que je fasse une prière avant le repas ?

— Non.

Je n'allais pas dire que ça me crispe. Ce Lieutenant me surprend de jour en jour. Je l'écoute marmonner en pensant à la famille Flochard. Je connais la fille de Chantal de vue, Priscilla et son frère Théo. J'attaque ma sole en mâchant le plus silencieusement possible. J'ai la dalle en fait et je m'abstiens de lui poser les questions qui me démangent, nous n'avons plus que quinze minutes pour faire avancer l'enquête. Il termine par un Amen à peine audible, saisit sa fourchette, et la bouche pleine, reprend comme si de rien n'était :

— J'ai interrogé le fils de Janine Flochard, Fabrice, il se trouvait chez lui avec sa femme le soir de sa mort. Ils ont regardé les infos sur la Une et ensuite une série sur Netflix. Il n'a pas l'air de s'intéresser à la vie de sa mère, encore moins à sa mort. Je reçois sa femme Chantal tout à l'heure. J'ai décidé de les recevoir séparément. Tu la connais ?

— De vue. Elle ne s'occupait pas de sa belle-mère, ce sont ses enfants, Priscilla et Théo qui prenaient soin d'elle. En échange, Théo vivait dans sa maison.

— C'est pourquoi je l'ai interrogé. C'est vrai que c'est drôlement bon, comme ils disent ici.

Il le prononce comme on le fait ici, en stressant la première voyelle et la dernière syllabe : drôl'ment, et me fait un sourire en coin.

— Le meilleur restau de la ville. Tiens quand on parle du loup, on en voit la… le plus mince des trois, c'est Théo Flochard.

— Ah, oui. Un œil de lynx, en plus. Il ne va pas à l'école ?

— Non.

— Il travaille ?

— Pas toujours. En saison, il travaille avec nous. Il ouvre les huîtres, prépare les plateaux de fruits de mer avec Jules.

— Il est comment ?

— Gentil, serviable.

— Ses copains ?

— Ces deux-là, je crois qu'ils vivent dans le nouveau lotissement sur la route de Fécamp.

— Tu sais s'il fume du cannabis ?

— Qu'est-ce que cela a à voir avec l'enquête ?

— Rien, mais…

— Je ne voudrais pas leur causer des ennuis.

— Plus j'en sais sur lui, mieux je peux juger de sa culpabilité.

— Ou pas ? À cet âge on essaie au moins une fois, non ?

La serveuse débarrasse et apporte les desserts.

— Tu préfères laquelle ? La crème brûlée de droite ou celle de gauche.

Il engloutit sa crème en trois coups de cuillère. Les cafés arrivent aussitôt. Ils sont compris dans le menu du midi.

— J'ai visité Tarteville avec mes parents quand j'avais onze ans. Nous avions déjeuné dans l'un des restaurants du bord de mer, les fameuses moules frites à la crème. Ma mère m'avait acheté un pull marin comme le tien et des bottes jaunes en caoutchouc dans un des magasins de souvenirs de la rue Renoir. Je ne me doutais pas que j'y reviendrais un jour pour y vivre. Tu portes toujours cette marinière ?

— Au restau, toujours. C'est un peu mon uniforme, si tu veux. Les gens viennent à Tarteville pour voir les falaises, faire des grandes balades, acheter des marinières. La vue les inspire et l'air marin leur creuse l'appétit. Alors, ils mangent des moules à la crème, des huîtres et des plateaux de fruits de mer, s'empiffrent de camembert et de Pont-l'Évêque, de tartes aux pommes en savourant des petits verres de muscadet ou de cidre. Les plus vaillants finissent sur un Calva. Ils viennent pour oublier leur quotidien.

Il se lève, étire ses longues jambes.

— C'est vrai que le paysage est grandiose ! Ça te dit de prendre le café sur la terrasse ?

— Pourquoi pas. Tu as besoin de profiter du soleil. Le bâtiment de la gendarmerie vu de l'extérieur paraît si sinistre qu'on se l'imagine sombre à l'intérieur.

— Nous avons de grandes fenêtres, mais ce n'est pas non plus le solarium, c'est sûr !

— Tu te plais à Tarteville ?

— Moyen, je dois l'avouer. Le soir et en week-end, il n'y a pas beaucoup de distractions.

— Le golf ?

— Pas mon truc, trop lent. J'aime l'action.

— J'imagine que l'on ne devient pas gendarme enquêteur si on est pantouflard. L'avantage du golf, c'est que tu fréquentes le gratin de Tarteville, et beaucoup de Parisiens ou d'étrangers. Ça ouvre des horizons.

— Tu pratiques ?

— Si j'avais le temps peut-être... De toute façon, beaucoup de clients du golf viennent dîner à La Pompadour.

— Ah c'est vrai, la deuxième meilleure table de Tarteville !

Il boit son café d'un trait, les yeux rivés sur les silhouettes des trois garçons qui s'éloignent pour devenir des points sur le ciel.

— Les falaises me rendent solitaire, presque mélancolique. Je me sens si minuscule face à elles…

— Pourtant, elles s'effritent et s'effondrent petit à petit. L'érosion.

— Nous sommes tous vulnérables.

— Pendant mes trois années d'études à Paris, les falaises me manquaient tous les jours. Il n'y a pas de vide dans Paris, ce n'est que du plein de pierres, de véhicules, de gens et de bruits.

Il repose sa tasse d'un geste précis.

— L'addition est pour moi. Note de frais. Merci. Beau travail.

— Je n'insiste pas, difficile, après avoir fait ma patronne au bord du dépôt de bilan…

— Je t'appelle pour le prochain rendez-vous.

Je le regarde s'éloigner en direction du parking. Je le trouve sympa ce mec, mais sa prière avant le repas m'intrigue.

8

Charlotte

Mamie bondit d'au moins dix centimètres sur sa chaise, se retourne vers moi une main sur la poitrine, l'autre rivée sur une liasse de billets de banque.

— Oh ma petite fille, tu m'as fait une de ces trouilles.

La surprise passée, je découvre des piles et des piles de billets de 200 euros sur la table de cuisine. C'est la première fois que j'en vois autant. Les gens paient de plus en plus en Carte Bleue.

— Mamie, ça ne va pas d'avoir tout cette thune en liquide chez toi ? Tu te rends compte du danger.

— Je sors de la banque.

— Mamie ! La prochaine fois, appelle-moi. Tu sais que je n'aime que tu retires de l'argent sans être accompagnée.

— Dans notre bonne petite ville, qu'est-ce que tu veux qu'il m'arrive ? Qu'un homme m'invite sur sa moto !

Elle finit toujours par me faire rire. J'imagine Mamie tête baissée sans casque filer derrière un motard, ses cheveux roux au vent.

— Tu as un sac ?

— Mamie, ça n'aurait pas été plus simple de me faire un virement ou un chèque ?

— Ah non, Cash is King. Tu peux l'utiliser dans ton business comme tu l'entends et pas de compte à rendre. Où est ton sac ?

Je fourre les cinquante liasses dans mon sac à dos, en me demandant bien où je vais mettre cet argent chez moi. J'ai un mini coffre au restau, mais je ne suis pas sûre qu'il puisse contenir toutes les liasses. Ça prend de la place le cash. Je n'étais pas venue pour une collecte de fonds. Je l'embrasse, car j'en avais terriblement besoin. Elle me sauve pour quelques mois. Depuis que je suis petite, Mamie a toujours compris mes besoins. Elle tient le rôle de la bonne fée des contes. Elle débarque toujours au bon moment dans l'histoire. Il n'y a pas un problème, petit ou grand, qu'elle ne sache résoudre…

— Tu ne devineras jamais ce qui m'arrive ?

— Tu as refusé du monde au restaurant hier soir ?

— Non. J'aimerais bien…

— Tu as un fiancé ?

Les yeux de Mamie s'illuminent.

— Non.

Elle est déçue, mais impatiente d'en savoir plus.

— Je donne ma langue au chat.

— Je mène l'enquête sur la mort de Janine Flochard.

— Comment ça ?

— Elle a été assassinée. Notre ville n'est pas aussi tranquille que tu le crois. Et le nouveau Lieutenant de la gendarmerie, tu sais celui qui mesure 1,90 mètres, m'a fait une proposition. L'aider à résoudre le crime.

— Mais c'est formidable ça !

— Je n'en reviens toujours pas et j'avais hâte de partager la nouvelle avec toi, Mamie.

— Tu as bien cinq minutes pour un petit café ?

Elle s'affaire dans la cuisine.

— Alors explique, il en est où ?

— Pas très avancé. Il n'a aucune piste, mais la piste criminelle est confirmée.

Mamie me verse un café de sa cafetière italienne Bialetti, le modèle en aluminium qu'on voit dans les séries sur la mafia aux États-Unis.

— Il vous faut trouver le mobile. Sans mobile, il n'y a pas de crime. Et alors là, ma petite-fille, vous avez l'embarras du choix. Les gens tuent pour de l'argent, par jalousie, sur un coup de folie, par passion ou par haine. Les gens tuent pour un rien de nos jours.

— Tu la connaissais la Flochard ?

— Comme tout le monde.

— J'ai commencé à établir son emploi du temps le jour de sa mort et en passant à « La Belle-Iloise », j'ai appris qu'elle y était le matin même de sa mort.

— Quelle idée d'acheter des conserves qui viennent de Bretagne ?

— Et j'ai découvert qu'elle ne les achetait pas toujours, elle les volait.

— M'étonne pas, la vendeuse a toujours le nez dans les magazines.

— Janine Flochard n'avait pas de quoi se nourrir ?

— Ça m'étonne. Je peux vérifier si elle volait aussi auprès des autres commerçants, si tu veux.

— Bonne idée Mamie, sois discrète quand même.

— Tu me connais.

Justement, je la connais mieux qu'elle ne le croit. Si ma grand-mère est fine psychologue – je tiens d'elle de ce côté-là –, elle a tendance à en dire trop, trop contente de partager avec les autres tout ce qu'elle sait.

— Surtout, personne ne doit savoir que j'assiste le Lieutenant Pignal. C'est top secret. Et surtout pas un mot sur le meurtre. La presse n'est pas encore au courant des derniers résultats d'autopsie. Je compte sur toi.

— Quelque chose me chiffonne quand même… À lui toute la gloire ?

— Mamie, je sais, mais c'est tellement excitant d'enquêter.

— Les hommes font toujours ce qui les intéresse et abandonnent aux femmes ce qui ne les intéresse pas. Ne te laisse pas faire.

— Je sais Mamie… Les courses, la vaisselle, la cuisine, le linge, l'éducation des enfants…

Nous dégustons notre café, songeuses.

— Tu as de qui tenir !

La joie de posséder une enquête à nous, une vraie enquête avec des vrais protagonistes, pas des inconnus ou des acteurs, mais des personnes avec qui nous vivons et que nous côtoyons quotidiennement, nous grise. C'est épatant.

— Tu veux faire partie de ma team, Mamie ?

Elle me regarde avec ses yeux qui pétillent et son appétit de vivre. Ma grand-mère est tellement vivante.

— Tope-là.

Je me rends compte que je vais être en retard sur mon emploi du temps, car depuis deux mois, je fais le ménage moi-même en salle. Je ne pouvais plus payer un salaire à la femme de ménage qui venait. Mais ce n'est pas tous les jours qu'une enquête nous tombe tout cru dans le bec, et de voir Mamie danser comme une jeune fille dans sa cuisine me met du baume au cœur. Elle pivote sur elle-même et me lance tout de go :

— Ça me revient d'un coup. La mère de Chantal Flochard est morte brutalement, il y a une douzaine d'années. Le médecin avait statué un arrêt cardiaque, je crois...

— Ça me dit vaguement quelque chose…

— Tu étais ado. Il n'y avait pas eu d'enquête. Ses copines de Loto - j'allais encore au Loto de la mairie à l'époque - avaient été choquées par sa mort, du jour au lendemain. Bim Bam Boum Pan.

La vieille avait de la polyarthrite rhumatoïde, ça fait souffrir, ça paralyse un peu, mais de là à passer l'arme à gauche… Attends, je vais te retrouver l'article.

Elle tire son mini escabeau de dessous l'évier.

— Monte là-dessus, tu verras Big Ben.

J'ouvre le placard dans lequel elle empile les coupures de journaux, rangées par dossiers de couleurs différentes selon les années. Mamie possède un sens de l'organisation incroyable. Aînée d'une famille de six enfants, elle dit toujours qu'elle a grandi en seconde maman. Une des raisons aussi pour lesquelles elle n'a eu qu'un enfant, mon père.

— Quelle année, Mamie, tu t'en souviens ?

— Ça devait être en 2008 ou 2009 ?

Me voilà perchée sur l'escabeau à tirer les dossiers secrets de Mamie. Cinquante ans de coupures de presse, archives de meurtres régionaux et internationaux qu'elle a savamment organisées, classées. Des piles de dossiers composés d'articles qu'à partir de l'âge de 12 ans, j'ai lus et découpés avec elle. J'adorais écouter ses théories sur le ou les coupables et le mobile du crime.

— Ouvre la chemise bleue en haut sur ta gauche pour voir.

— Année 2008.

Je l'ouvre et lis en restant sur l'escabeau.

— Trois cadavres de nouveau-nés ont été découverts dans le congélateur d'une famille dont la mère a été interpellée, à Wenden, près de Bonn (ouest de l'Allemagne), ont annoncé lundi les enquêteurs.

— C'est l'affaire Monika Halbe en Allemagne, non ?

— Oh oui, j'm'en souviens. C'est un des fils qui avait trouvé les cadavres en cherchant une pizza dans le congélo !

— Fais voir.

Je tends la chemise à Mamie et nous voilà replongées toutes deux quelques années en arrière. Je descends de l'escabeau. Nous feuilletons les articles découpés, les lisons en diagonale.

— L'accusée, une femme au foyer d'une certaine corpulence qui souffrait d'un problème croissant d'alcoolisme, avait toujours dissimulé ses grossesses à sa famille, même si, dans l'un des cas, l'un de ses enfants adultes avait remarqué une odeur bizarre en provenance de la corbeille à linge familiale. Tu te rends compte ?

Mamie réfléchit, me fixe.

— T'avais tout de suite affirmé que c'était la mère. Comment tu savais, Mamie ?

— Quand on a une vie désespérée, on fait un geste désespéré, croyant que ça va arranger les choses. Écoute ça : concernant le recours au congélateur, la défense a expliqué que Mme Halbe n'avait pas peur que les bébés soient éventuellement découverts, mais que pour elle, il importait avant tout qu'elle sache les enfants morts près d'elle. Il faut entrer dans la logique d'un individu, en appréhender les tenants et les aboutissants pour comprendre ses actes. C'est en me mettant dans la peau de celle ou celui que je soupçonne que j'arrive à trouver le mobile.

— Tu crois que les gendarmes font la même chose ?

— Les bons, sûrement. Mais aujourd'hui ils ont un truc en plus. La technologie et la science permettent de confronter et souvent de prouver une théorie.

— T'aurais voulu être enquêtrice, Mamie ?

— Jeune, je n'y ai jamais pensé. À mon époque, les femmes ne faisaient pas ce genre de métier.

Mamie referme la chemise comme si elle ne voulait pas réouvrir un souvenir ou une blessure.

— Cherchons sur la pile de droite.

Je déplace l'escabeau et remonte dessus.

— Ouvre la chemise jaune. Celle-là oui.

— Affaire Lesueur ?

— C'est ça.

Je descends de l'escabeau et pose la chemise aux coupures de journaux jaunis sur la table en bois de la cuisine. Mamie le feuillette.

— Tiens la voilà ! Odette Lesueur, morte le 21 janvier 2008 à l'âge de 71 ans.

— Elle n'était pas vieille.

— Retrouvée morte dans son lit le matin par sa fille Chantal Lesueur, mariée Flochard.

— Ça n'a fait l'objet d'aucune enquête, pas que je sache, pourtant, j'ai toujours pensé qu'il y avait anguille sous roche. Une intuition et quelques racontars en ville. Chantal se plaignait d'avoir à s'occuper de sa mère tous les jours.

— Elle avait de l'argent Odette ?

— Non, penses-tu. La maison dans laquelle elle vivait avec Chantal et Fabrice Flochard et leurs enfants lui appartenait, c'est tout. Une bicoque sans grande valeur. Elle lui venait de la famille de son mari. Chantal et Fabrice y vivent toujours.

Mamie se plonge dans les diverses paperasses. Je prends une photo de l'article, ça pourrait intéresser le Lieutenant. Il a peut-être un dossier à la gendarmerie. Et là, je découvre l'heure à la montre de Mamie.

— Je file, Mamie. J'ai pris une heure de retard sur mon planning.

Sans relever la tête, tellement absorbée par l'article, elle me lance :

— Fais attention à toi et ne te surmène pas.

— Je passerai dimanche.

— Passe me prendre à la plage, si tu ne te lèves pas trop tard. Il y aura là quelques voisines qui, j'en mets ma main au feu, se souviendront de quelque chose…

9

Charlotte

J'arrive au restau, essoufflée, angoissée, paralysée par la responsabilité que m'a collée le Lieutenant. Alexandra me signale par SMS qu'elle est en retard.

Hier, j'étais aux anges de me retrouver au cœur d'une enquête et aujourd'hui, je suis en mode panique. Je tourne en rond dans la salle, ne sachant pas par quoi commencer, écrasée par une confiance que je ne mérite pas et par une responsabilité que j'assume moyennement et dont je me passerais.

Il faut que je lui apporte de nouvelles informations lundi et cette deadline me stresse gravissime. Pendant ce temps-là, le week-end arrive au galop et les réservations s'accumulent. La fréquentation explose, due sans doute au fait que j'ai découvert la victime et la publication d'une photo de la morte en première page du journal local d'hier avec en prime mon nom et celui du restau mentionnés dans l'article. Plus efficace qu'un encart publicitaire ou une critique culinaire. Excellent pour le business, mais mauvais pour mes nerfs. Jules m'interpelle. Je le rejoins à la poissonnerie. Il y fait un peu trop frais, mais le bleu du carrelage me calme.

— Ça va ?

— Ben non, tu le vois bien.

— Trop de publicité ? Tu paniques d'avoir un regain de clients ?

— Oui, non... enfin, je sais pas.

Je ne peux pas lui avouer que j'ai en plus une enquête sur le feu.

— Et Alexandra qui arrivera une heure plus tard... Faut que ça tombe ce soir.

— Fais une promo sur les huîtres, j'en ai un wagon. Elles étaient bradées à la halle. Alexandra aura moins d'entrées à préparer et donc plus de temps pour faire sa mise en place.

Pourquoi n'y ai-je pas pensé ? J'ai le cerveau en compote en plus.

— Tu sais que depuis une heure tout le monde passe devant La Pompadour, j'en profite. Je me mets sur mon pas-de-porte et je les fixe d'un air accusateur comme Maigret.

— Tous les chats nous fixent comme si nous avions quelque chose à nous reprocher.

— Pas faux. Je leur adresse un petit bonjour aimable. Ça fonctionne. Ils culpabilisent. Eh bien, tu me croiras ou pas, mais ceux qui ne venaient jamais se sentent obliger d'entrer et de m'acheter du poisson. Bref, je surfe sur ta notoriété.

— J'ai le double de réservations pour les trois soirs qui viennent. Et samedi est bien parti pour afficher complet.

— Tu devrais être contente. Pour ce soir et demain soir, je te propose : loups de mer, araignées, fruits de mer à gogo et maquereaux. Pour samedi, je devrais avoir la même chose, plus des oursins. C'est la pleine saison. Et aussi des bulots et des petites dorades grises.

— Super. Alexandra pourra faire des ceviches ou des tatas, des tartares.

Voilà que ça me reprend. Mon anxiété monte à son niveau maximum, je ne contrôle plus mon débit de paroles. Je le fixe, muette, essaie de me contrôler pendant quelques secondes.

— Samedi, j'ai une grande pâtée... nichée... teubé... Et merde... tablée. Ils veulent des huîtres.

Jules garde son sérieux. Il a l'habitude.

— Je prévois une petite main ce week-end pour ouvrir les coquillages ? Si besoin, il pourra t'aider en salle.

— Bonne idée.

— J'appelle Théo. Il est calme et efficace.

— Il vient de perdre sa grand-mère.

— Justement, il a besoin de s'occuper l'esprit. Ça lui fera du bien.

Je jubile. Je vais pouvoir me rapprocher de la famille Flochard. Théo est plus jeune que moi et nous n'avons jamais fréquenté les mêmes personnes. De l'avoir sous le coude va me faciliter la tâche. Je traverse la rue et entre au restau. Alexandra arrive et se change, elle sifflote. Elle me rappelle mon grand-père qui sifflait toujours dès qu'il mettait un pied dans la cuisine. Il cuisinait une fois par an. Pour le repas du réveillon de Noël. Il passait sa journée à farcir des homards, il les ouvrait vivants. Je trouvais ça vraiment cruel, mais depuis que j'ai un restaurant, j'ai changé mon regard sur les crustacés. Mes parents travaillaient à la boutique de chaussures jusqu'à 20 h, alors mes grands-parents préparaient le réveillon et nous le fêtions chez eux.

Je dresse les tables rapidement. Déjà quatre réservations pour ce soir, pas de quoi crâner, mais ça me rend optimiste, surtout que la tendance du week-end est au beau fixe.

Voilà tout est prêt. Les premiers clients se pointent. Non mais qui je vois arriver : Kevin et l'héritier.

— Vous avez réservé ?

Je blague bien sûr. Je suis contente. Et deux couverts de plus ! Kevin est mon communicant bénévole. Quand il dîne en ville, c'est toujours chez moi. Il amène soit des fournisseurs, des amis, des amis d'amis ou ses petits copains.

— Vous vous connaissez non ?

— Oui. On s'est croisés dans ta boutique.

Je leur apporte une coupe de champagne. Et comme il n'y a encore personne et que tout est prêt, je papote avec eux. Alexandra siffle toujours en cuisine.

— Alors qu'est-ce que ça a donné ton interrogatoire ?

— Pas grand-chose. Je crois que j'ai laissé les gendarmes dans un grand désarroi. Malgré moi. Du coup, ils m'invitent de nouveau !

Je le sais déjà, mais je fais l'ignorante.

— Faut dire que le Lieutenant qui m'a interrogé pourrait faire carrière dans une équipe de basket.

— C'est Valentin Pignal qui mène l'enquête ? s'étonne Kevin.

— Ça en a tout l'air, enfin, c'est lui qui m'a interrogé.

— Tu le connais ?

Question idiote, Kevin connaît tout le monde, mais cela m'étonne quand même.

— C'est un client. Si tu étais le coupable, Stéphane, ça leur faciliterait la vie.

— Il l'est peut-être, j'ajoute sur le ton de la plaisanterie.

— Et avec quel mobile ? me réplique Kevin, ils ont mis des scellés sur la propriété ce matin ! Tu te rends compte ? s'exclame-t-il tout paniqué, comme si c'était sa boutique qu'on avait fermée.

Du coup, Théo va devoir vivre ailleurs. Il a perdu sa grand-mère, et maintenant, il perd son logement. Ça fait beaucoup en si peu de temps. J'espère qu'il va tenir le coup.

— Je suis un peu fumasse, ajoute Stéphane, pas très convaincant.

J'imagine que d'hériter d'un business rend moins anxieux que de monter sa propre société.

Après tout, c'est du clé en main. Tout est fait, il n'a qu'à entretenir et faire croître.

— Les gendarmes veulent préserver la chambre pour faire des prélèvements.

— C'est pas un peu tard ?

Ils ne me répondent pas.

— Ça ne devrait pas durer trop longtemps. De toute façon, la rente de cette maison n'est pas le pilier financier de mon agence. Ça représente peanuts dans le chiffre d'affaires.

Un couple entre. Je dois laisser mes amis et m'occuper de ces nouveaux clients.

10

Charlotte

J'aime les plages de galets. Je les ai toujours aimées. Et encore aujourd'hui, j'adore passer d'un galet à l'autre sur la pointe de mes baskets. Enfants, on en faisait un jeu. Ceux qui sont nés ici ne rêvent pas de sable fin. Le sable est agréable une fois dans l'eau, mais les galets, c'est le jeu permanent, la recherche d'un équilibre, la pêche aux crabes, aux araignées, aux coquillages.

— Tu ne te baignes pas, Charlotte ? me demande Yvette, la compagne de baignade de Mamie, en sortant de l'eau, ruisselante.

— Elle est trop froide pour moi.

— Tu te baignais plus jeune.

— J'ai vieilli.

— Quand tu auras nos âges, on en reparlera.

— Et Janine Flochard, elle se baignait ?

— Ça lui arrivait autrefois. Elle était si près. C'est pas malheureux de mourir dehors ! Il doit être content le propriétaire !

Je récupère une serviette sur le banc et la tends à Mamie qui sort de l'eau avec une chair de poule si épaisse que j'ai l'impression de l'observer au microscope.

— Trop de malheurs dans cette famille.

— Les Flochard ?

— Ben oui, Janine a perdu deux fils, y a au moins vingt ans.

— Oh oui, trente ans même.

Évidemment, l'info m'intéresse, je tends l'oreille.

— Ils sont morts de quoi ? je lui demande.

— Tu ne te souviens pas t'étais trop petite, me souffle Mamie.

— D'un accident de voiture. Ils se sont pris la rambarde de sécurité sur le pont de Tancarville pour éviter un poids lourd, je ne suis plus très sûre. Un des fils,, Cédric, – le plus jeune je crois – est passé à travers le pare-brise ; on a retrouvé son corps dans la Seine, une semaine plus tard. L'autre, Gérard, l'aîné – si ma mémoire ne me joue pas des tours – est mort à l'hôpital au Havre. Ils revenaient d'une soirée à Honfleur.

— C'est horrible.

— Les gens conduisaient saouls, aussi.

— Je crois que ça n'a pas vraiment changé !

— Disons que grâce à la surveillance des gendarmes, ça s'améliore.

Mamie est maline et comme elle sent que sa copine de baignade a envie de s'épancher, elle enchaîne sur la belle-famille. Derrière nous, les dernières baigneuses sortent de l'eau en poussant des cris pour se réchauffer. D'après les anciens, il n'y a rien de tel que de se baigner en hiver. Depuis mon retour au pays, je préfère les baignades tôt le matin à la fin du printemps ou en été. Plonger dans l'eau et faire quelques brasses au lever du soleil procurent un immense plaisir et reboostent pour la journée. C'est magique. Rien de tel pour lutter contre une grosse fatigue ou une gueule de bois. J'ai hâte d'être en juin, pour me jeter dans une eau froide et neuve quand la montée du soleil libère son plein d'énergie et éprouver cette sensation de bien-être unique à la région.

Chaque hiver, les anciens, surtout les anciennes se baignent avant le déjeuner, de 11 h à 13 h. Certaines nagent, d'autres marchent immergées dans l'eau jusqu'aux épaules. Elles pratiquent le bain d'hiver depuis leur enfance, elles ont des peaux de phoques et une résistance de vache normande.

— Elle n'a pas eu de chance Janine, me confie Yvette, perdre deux garçons… Elle aurait sûrement mieux vécu et plus longtemps sans ce drame.

— Comment ça ?

— Le chagrin ça use, et puis, il faut bien le reconnaître, la carrière médiocre de Fabrice ne lui a pas mis du rab de beurre dans les épinards.

— Qu'est-ce que vous voulez dire par là ?

— Elle se nourrissait mal et ne mangeait que ce qu'elle volait.

— Elle volait ?

Je fais ma blonde et prétends ne rien savoir.

— Une boîte de conserve par-ci, par-là. L'épicier de la supérette me l'a confié hier. Il laissait faire, par pitié. Reconnaissant son chagrin dû à la mort de ses fils. Il pense qu'elle souffrait de cleptomanie. D'après lui, cela arrive quand on a eu un choc émotionnel de cette importance. Un brave gars. Donc si elle ne mangeait que ça ! Tu vois ce que je veux dire.

— Pas très équilibré.

Voici qui éclaire ma lanterne. Elle ne volait pas que dans un seul magasin. Mamie s'enroule dans son châle en pashmina et plie sa serviette humide en questionnant :

— Vous connaissiez bien les parents de Chantal Flochard, comment s'appelait sa mère déjà ? Odette…

— Odette Lesueur. Oui, nous avons suivi toute notre scolarité ensemble. Elle était très joyeuse. Vers la fin moins, faut dire, elle souffrait de rhumatisme ou de polyarthrite. Sa mort m'a fait beaucoup de peine.

— Elle avait quel âge ?

— Nous avions un mois de différence, elle avait 71 ans. Elle était sacrément handicapée. Pas tous les jours, mais presque. Ça m'a fait un choc. Soixante-et-onze ans, c'est encore jeune. On n'a jamais su de quoi elle était morte. Le cœur s'est arrêté, je suppose. Je me suis consolée en me disant que c'était mieux pour elle. Plus de douleurs, plus de souffrance. Dieu ne nous épargne de rien. Elle vivait avec sa fille, Chantal et son gendre, Fabrice Flochard.

Mamie claque des dents. Je devine qu'elle a hâte de rentrer pour se changer et manger chaud, alors j'accélère un peu les échanges.

— Vous vous souvenez du docteur qui a fait le certificat de décès ?

— Non, je peux demander à mon mari.

Elle appelle un vieux monsieur en blouson de cuir et pantalon de velours à grosse côte.

— Georges, tu te souviens du nom du docteur qui avait un cabinet en face de la Mairie ?

— C'était pas le Docteur Gaudin ?

— Ah si, c'est ça. Gaudin. Il a pris sa retraite depuis.

Elle se dandine aussi et son mari s'impatiente. Ils ont envie de filer au chaud comme nous à vrai dire. Je la remercie et lui promets de passer dimanche prochain. Mieux vaut me la garder au chaud si j'ai d'autres questions. Je note mentalement le nom du docteur. Ça pourrait intéresser le Lieutenant. On file chez Mamie le plus rapidement possible, mais vu son âge, ce n'est pas une marche accélérée non plus.

Mamie vit au rez-de-chaussée de sa maison depuis la mort de Papi. Elle loue le premier étage à une scénariste parisienne qui vient six mois de l'année pour écrire. Le reste du temps, l'étage est inoccupé.

Le rez-de-chaussée donne sur un petit verger de ville, quatre pommiers, deux poiriers, des nids fixés sous les gouttières de la toiture dans lesquelles les hirondelles reviennent chaque printemps pour nidifier et pondre.

Nous nous engouffrons dans sa cuisine, dans laquelle le vieux poêle réchauffe l'âme et les os mieux que toute autre méthode ou source de chaleur. C'est un de mes plaisirs de déjeuner avec Mamie, hiver comme été. Elle a préparé un bœuf-carottes dans sa cocotte années 60 que j'ai toujours connue. Elle le fait réchauffer.

Chez Mamie, tout semble à la mode. Voilà ce qui arrive quand tu gardes les choses suffisamment longtemps, elles sont à peine devenues démodées qu'elles redeviennent tendance. Le mobilier de la cuisine de Mamie ressemble à une cuisine de Marie-Claire sauf que tout est authentique, bref d'époque. Si mon restaurant n'était pas spécialisé dans les fruits de mer et le poisson, je ferais un menu composé uniquement de ses recettes. J'ai réussi à placer ses moules à la crème qu'elle prépare avec de l'estragon. Alexandra refusait, et puis un jour, elle est venue chez Mamie les goûter - j'apprécie sa curiosité -, et elle les a aimées. Elle a repris la recette sauf qu'elle a supprimé la crème. Elle fait des moules sans crème. Alexandra a horreur des clichés culinaires, surtout que les restaus médiocres du bord de mer proposent tous les moules à la crème normande à un petit détail près, la crème ne vient pas de Normandie, mais de diverses coopératives européennes. À La Pompadour, nous essayons de nous démarquer, peut-être un peu trop… Alexandra cuisine sans concession.

Mamie sert deux timbales de cidre, pose des assiettes creuses sur la table en bois.

— Elle ne demandait que ça qu'on lui tire les vers du nez la mémé !

— Tu m'étonnes, Mamie. C'est quand même bizarre cette histoire !

— Je m'en souviens, la mort de la mère de Chantal n'avait pas fait de vagues. Elle est enterrée au cimetière avec son mari. Tu devrais pouvoir trouver sa tombe facilement…

— Pour quoi faire, Mamie ?

— Pour rien. Des fois, d'aller sur la tombe de quelqu'un, ça peut inspirer.

Ma grand-mère a de drôles d'idées parfois, peut-être qu'à son âge, on pense à aller au cimetière.

— Tes parents y sont enterrés ?

— Ils avaient une concession de cinquante ans et quand celle-ci a été écoulée, je n'avais pas d'argent pour la renouveler. Alors avec ton grand-père, qui lui avait un caveau à perpétuité de ses grands-parents, nous avons transféré les cercueils dans son caveau familial.

— Tu as dû être triste ?

— Tu sais, de plus en plus, je crois qu'il n'y a rien après la mort. Tout se passe ici et maintenant. Il faut en profiter.

Elle éteint le gaz sous sa vieille Creuset jaune vif qui ne possède pas une égratignure, ôte le couvercle et nous sert de généreuses portions de son frichti. Une délicieuse odeur qui me rappelle mon enfance et m'émeut.

— Allez mange, tu ne sais pas qui te mangera.

11

Valentin

J'arrive le premier. Charlotte est en retard, ça devient une habitude. Je repère la même serveuse que la dernière fois. Une locale, mince, blonde, musclée et dévouée.

Je suis le premier client. Ça tombe bien, j'ai quelques questions à lui poser. Son physique me semble familier. Je m'assois au bar.

— Vous travaillez tous les jours ici ?

— Pas vraiment, nous sommes fermés le dimanche, lundi et mardi en soirée.

— Il n'y a pas de golfeurs ces jours-là ?

— Peu. Les dimanches en fin d'après-midi, ils repartent au Havre, à Rouen ou Paris et comme les golfeurs se font rares en début de semaine, on ferme le soir. Faut bien des jours de repos pour récupérer. J'ai l'impression de vous avoir déjà vu ?

— J'ai déjeuné ici la semaine dernière.

— Ah ça doit être ça.

Elle me dévisage avec insistance, puis me demande :

— Vous déjeunez ?

— Oui, deux couverts.

— Installez-vous où vous voulez. C'est calme aujourd'hui.

Je m'installe à une table avec vue, autant en profiter. En deux ans, je n'avais jamais mis les pieds au golf. À croire qu'il y a rarement des problèmes. Je me rattrape et contemple le paysage. Elle m'apporte les menus, toujours avec ce regard bleu perçant qu'on rencontre assez souvent dans la région, mais n'ajoute rien.

Ouf, je respire. Pourvu qu'elle ne soit pas physionomiste comme moi. J'espère qu'elle ne m'a pas vu en ville dans mon uniforme. Je lui souris.

— Je vous sers quelque chose ?

— Un coca.

Tandis qu'elle file derrière le bar, Charlotte surgit en tenue de jogging, un sac sur le dos. Bien qu'essoufflée et dégoulinante de sueur, elle a l'air calme et moins sur la brèche que lors de notre dernier rendez-vous, et de plus, presqu'à l'heure. Dix minutes de retard.

— J'ai une soif.

— Un Perrier ?

— Avec du sirop de menthe.

Je commande tandis qu'elle s'installe.

— Tu as passé un bon weekend ?

— Comme-ci comme-ça. Et toi ?

— Surchargé. Entre notre enquête (elle murmure ce mot) et le restau… Depuis ma découverte de Janine Flochard sur le banc, je suis devenue plus populaire et La Pompadour attire les curieux. Ça fait marcher le commerce. Tout le monde veut me voir, tu penses, celle qui a découvert le cadavre.

— Le crime fascine.

— Et les théories vont bon train. Évidemment, je laisse traîner mes oreilles sur toutes les tables.

— Et ?

— Pas mal de potins et ragots. L'enquête a avancé de ton côté ?

— Nous nous focalisons sur deux suspects.

— Qui sont ?

— Stephane Langlois et Théo Flochard.

— Je connais Théo, il travaille avec nous depuis un an. Je doute qu'il soit capable d'un tel acte.

Son avis ne me surprend pas, alors j'abats mes cartes.

— Un témoin l'a vu dimanche soir au casino. J'ai vérifié, il y était bien. Il jouait aux machines à sous. Il a gagné au Loto ou le poissonnier le paie cash ?

— Certainement pas. On ne travaille pas au noir, ni dans mon restaurant, ni chez le poissonnier.

— C'est puni par la loi.

Elle me toise d'un air de dire que j'exagère.

— Rien de mal à dépenser ses pourboires. Nous avions du monde samedi soir, et il m'a donné un coup de main au service.

— Les pourboires ça représente combien ?

— Ça varie. Trente à cinquante euros ça dépend de la générosité et de l'état d'ébriété des clients.

— Pas de quoi jouer pendant des heures, sauf si t'as la baraka. Du coup, je me demande d'où vient cet argent.

— C'est vrai qu'il ne travaille pas ailleurs.

Charlotte attrape le menu comme pour faire une pause et mieux réfléchir.

— Tu as commandé ?

— Non. Je t'attendais pour le faire... Débarrassons-nous de ce choix cornélien.

Elle le prend en deux secondes chrono. Pas hésitante, ni passive-agressive la nana. Ça me plaît.

— Une vieille dame que connaît ma grand-mère et qui connaissait Janine Flochard m'a confié que cette dernière volait aussi à la supérette de la rue du Havre. Chose remarquable, uniquement des conserves.

— Des sardines ?

— Pas que… boîtes de thon, de pilchards à la tomate, de cassoulet ou encore de raviolis… D'après cette copine, Janine se nourrissait très mal. J'ai vérifié auprès de Théo samedi, il m'a confirmé que chez sa grand-mère, il mangeait uniquement des conserves. Ses préférées étant les crèmes pralinées. Du coup, cette dame s'est étonnée qu'avec un tel régime la Flochard ne soit pas morte plus tôt.

— Ce qui voudrait dire qu'elle dépensait peu d'argent dans la nourriture.

— Elle en achetait quand même, elle ne pouvait pas tout voler.

— Petit budget nourriture, donc elle thésaurisait.

— Ou le donnait à ses enfants ?

— Les relevés de son compte en banque ne montrent aucun chèque à l'ordre de son fils ou de sa belle-fille. Par contre, elle retirait 500 euros en liquide chaque mois.

— Pour les courses, j'imagine. Elle avait son petit-fils à charge.

— Je n'ai trouvé aucune déclaration ou procès-verbal de vols à l'encontre de Janine Flochard à la gendarmerie.

— Pas étonnant. Aucun commerçant n'a appelé la gendarmerie. Quand ils la surprenaient, ils lui faisaient remettre la boîte dans le rayon.

— C'est bien la peine qu'on existe !

La serveuse approche, nous cessons notre conversation et commandons.

— Un tartare de thon pommes sautées.

— Moi aussi.

La serveuse repart en cuisine avec notre commande.

— Tu aimes le poisson et tu n'as jamais dîné dans mon restau ? J'y crois pas.

— Je suis timide. Mais je viendrai. C'est promis.

— J'ai appris quelque chose qui n'a sans doute rien à voir, mais je me dis que ça pourrait t'intéresser. La mère de Chantal Flochard est morte il y a une dizaine d'années. D'après toujours cette copine de ma grand-mère, qui connaissait la mère de Chantal depuis l'école maternelle, la mort a été soudaine. On peut dire une surprise même. Je me suis renseignée sur le médecin qui avait fait l'acte de décès. Cette copine m'a affirmé que c'était le Docteur Gaudin, son mari aussi. Il possédait un cabinet en face de la Mairie. Il a pris sa retraite depuis.

— Je vérifierai si une enquête a eu lieu.

— Je ne crois pas. J'ai fait une photo de l'article paru à l'époque. Je te l'envoie ?

— Pourquoi pas.

— Numéro ?

J'hésite un peu, puis lui tends mon portable sur l'écran duquel s'affiche mon numéro personnel. J'espère qu'elle ne va pas s'imaginer des trucs… Je la regarde composer directement mon numéro sur son smartphone.

— C'est parti.

Elle me rend ma machine.

— Tu fais une sacrée enquêtrice. Une vraie mine de renseignements.

La serveuse dépose les tartares sur notre table. Sans lui demander son avis, je ferme les yeux, fais ma prière. Je devine qu'elle m'observe. Les gens oublient facilement que boire et manger à sa faim reste miraculeux dans un monde où l'eau potable se raréfie. Ils pensent que l'argent suffit, qu'avec de l'argent, on peut tout acheter, alors que la pénurie nous guette. Quand la dernière goutte d'eau potable sera bue, alors ils se tourneront tous vers Dieu. Amen.

J'ouvre les yeux, Charlotte a mangé la moitié de son tartare.

— Excuse-moi, mais j'avais les crocs. Je n'ai pas eu le temps de déjeuner ce matin.

— Le jogging, ça ouvre l'appétit.

Tandis que je pique ma fourchette dans mon tartare, je l'entends me demander :

— Tu es catholique ?

— Non. Je suis chrétien, enfin, je l'étais. J'ai grandi dans une famille très religieuse, surtout ma mère. Mais je suis devenu adulte, j'ai ouvert les yeux et ma religion n'était plus compatible, mais j'ai gardé quelques habitudes.

Elle n'ajoute pas un mot, me fixe interrogative. Je change de sujet de conversation.

— Théo Flochard a tué sa grand-mère et lui a volé son magot ?

— Ce sont les conclusions de l'enquête ?

— Seulement, une hypothèse… Ou bien, Stephane Langlois a tué ou fait tuer sa locataire parce qu'il voulait vendre la maison.

— L'argent comme mobile… Plausible. Le prix du m2 n'a jamais été aussi haut. Mais pas réaliste.

Stephane Langlois n'a pas besoin de vendre quoi que ce soit pour vivre comme il l'entend.

— L'appât du gain. Les riches n'en ont jamais assez.

— De là à tuer ? J'ai appris qu'il était plus séducteur que vénal.

— Tu serais étonnée, le nombre de meurtres dont le mobile est l'argent.

— Ma grand-mère dit la même chose.

— On va le savoir très vite, je vais les convoquer de nouveau.

— Tu n'as pas déjà interrogé Stéphane Langlois ?

— Si, deux fois. Jamais deux sans trois.

À son regard ahuri, je réalise qu'elle me motive énormément sans le vouloir.

12

Charlotte

Je me réveille un peu perturbée. J'ai fait un drôle de rêve. J'ai rêvé que le Lieutenant se trouvait dans l'église de Tarteville, dans laquelle je n'ai pas mis les pieds depuis l'enterrement de mon grand-père, et il chantait « Je suis chrétien ».

Parce que moi, je suis musulmane peut-être ? Je connais la réplique, elle sort toujours de la bouche d'évangélistes. Ils ont accaparé le titre. Les autres : protestants, cathos et orthodoxes, ils deviennent quoi du coup ? Des renégats ? J'ai besoin de respirer, de me laver le cerveau. Je me décide pour mon jogging quotidien sur les falaises. Ça me dynamise. Courir me clarifie l'esprit et en plus élimine mes graisses.

Après avoir nourri Maigret, j'enfile un legging, un sweat-shirt et lace mes baskets, glisse mon iPhone dans la poche zippée et c'est parti pour cinq kilomètres avec dénivelé. Une enquête, c'est un marathon, il faut tenir la distance.

Alors que je grimpe sur les hauteurs, je me demande comment j'ai pu vivre quatre ans à Paris dans la grisaille, la pollution, l'odeur de tabac et de crottes de chien. Ici, je respire à pleins poumons. Le vent du large balaie toutes les odeurs désagréables et charrie les embruns aux parfums dilués de bromophénol, mélange du pourrissement d'algues et de vers marins. Et si parfois, j'angoisse sur l'avenir financier de mon restaurant, je me sens libre au moins.

Arrivée au sommet de la falaise, je reprends ma petite foulée, au bout de quelques mètres, je croise Priscilla Flochard, la sœur de Théo. Elle me salue, mais ne s'arrête pas. Cela ne me surprend pas, nous ne nous fréquentons pas. Elle est plus jeune que moi de quelques années et si nous avons fait notre scolarité dans la même école, nous n'étions pas dans les mêmes classes. Je m'étonne de la trouver sur mon chemin, je ne la savais pas adepte du jogging. D'autant plus qu'elle n'est pas vraiment équipée pour courir. Elle porte des boots et une parka grise. C'est bien la première fois que je la croise, alors que je cours deux à trois fois par semaine. Elle se lance peut-être afin de perdre quelques kilos en prévision de l'été ? - ce qui ne lui ferait pas de mal.

Les falaises sont magiques, une fois sur leur sommet, on voit le monde marin différemment. Je remarque les feuilles des premiers crocus sauvages, leurs frêles pétales blancs ou violets bientôt vibreront sous l'effet de la brise marine. L'océan à perte de vue me transporte. Je sens qu'aujourd'hui, je vais me dépasser. Je démarre pianissimo, puis j'accélère progressivement. Une fois sur le plat, je fixe la ligne d'horizon et soudain, je décolle. À chaque foulée, j'ai l'impression que tout est possible… Que le restau va renaître de ses cendres comme un printemps, que les touristes se précipiteront grâce à ce crime honteux dont j'ai découvert la pauvre victime. J'aperçois une silhouette assise si près du bord que je l'interpelle. Elle se retourne. Je reconnais Théo. Pourquoi les adolescents se moquent-ils tant du danger ? Par goût de la mort, par ennui, ou par ignorance ? Il connaît pourtant la région, l'érosion grandissante des falaises, et contrairement aux touristes, il n'ignore pas les nombreux accidents en période estivale. Je m'approche de lui, tout en gardant une distance raisonnable face au vide.

— Ça va ?

Il hausse les épaules.

— Ne reste pas là. C'est dangereux.

Il hausse les épaules une seconde fois.

— La semaine dernière, il y a eu un éboulement sur la falaise de Triport.

— Ça m'est égal.

Je réalise qu'il sort peut-être de l'interrogatoire du Lieutenant Pignal, mais je dois faire attention à ne pas le mentionner, je ne suis pas censée être au courant.

— Quelque chose ne va pas ?

— Je suis triste.

J'avance d'un mètre.

— Tu peux te rapprocher ? Avec le vent, j'entends mal.

Il se lève, me rejoint, nonchalant.

— Ma grand-mère est morte et en plus je ne peux plus vivre dans sa maison. J'étais peinard chez elle.

— Tu vis où ?

— Je suis retourné chez mes parents, mais je ne m'entends pas avec mon père. Il est mou comme une méduse et fait tout ce que ma mère ordonne.

— Tu sais, je serais dévastée si ma grand-mère mourrait.

— Et pour me foutre encore plus la rage, les gendarmes me saoulent !

— Ils font leur travail. Elle est morte dans de drôles de circonstances.

— Quand tu l'as trouvée, elle avait l'air d'avoir souffert ?

— Non.

— T'es sûre ?

Je me souviens surtout qu'il faisait nuit, mais quand l'équipe des gendarmes est arrivée, les projecteurs m'ont éblouie et aveuglée. Alors, j'arrange un peu la réalité pour le rassurer.

— C'était le soir, mais dans l'obscurité, j'ai pu distinguer son visage. Il m'a semblé serein.

Théo trace des lignes imaginaires sur la roche à l'aide d'un bâton.

— C'est ce Lieutenant Pignal. Il ne me lâche plus. Ce matin, il m'a interrogé pour la troisième fois.

— Il mène l'enquête sérieusement. Quelqu'un a tué ta grand-mère, tu n'as pas envie de savoir qui est l'assassin ?

— Si, mais il est relou. J'aime pas sa façon de me questionner. Il me fout le bourdon. Comme si j'étais capable de tuer ma grand-mère ?

Il martèle chacun des mots de sa question.

— Toi ? Bien sûr que non.

— Il est bouché. J'imagine que ça le fait kiffer de cuisiner toute la famille. Il s'emmerde dans un bled comme le nôtre.

Il glisse les mains dans ses poches, contemple l'horizon. Un bled, il exagère un peu. Tarteville, grâce à sa beauté, attire tout de même les foules du monde entier.

— J'ai croisé ta sœur sur mon chemin.

— Elle m'a déposé, elle avait des courses à faire en ville.

Je me retourne en direction de la plage et ne la vois pas. Pourtant, il n'y a qu'un seul chemin pour regagner la ville. Elle a dévalé la falaise au pas de course et déjà regagné sa voiture ? Je ne la savais pas si sportive.

— Pourquoi tu ne vas pas habiter chez elle, en attendant ?

— Elle vit à Triport avec son kéké d'amoureux, et, de toute façon, j'ai pas de bagnole, comment j'irai travailler chez toi et Jules ?

— Tu as fait une demande de logement à la mairie ?

Il hausse les épaules.

— Tu peux aussi mettre une annonce dans les commerces. J'en parlerai autour de moi. Demande aussi à Jules. Il connaît du monde.

Il ne réagit pas à mes propositions, mais je comprends. Il est encore sous le choc. Plus de grand-mère, plus de logement, ça fait beaucoup de pertes en un temps record.

— Si tu as besoin de parler, tu peux compter sur moi. Tu sais, tout finit toujours par s'arranger.

— J'espère parce qu'ils me gavent tous.

Je le quitte sur cette dernière parole. Effectivement, je vois mal Théo tuer quelqu'un. Il peut être verbalement impulsif, mais je ne l'ai jamais vu physiquement violent. Même au restau quand le service est tendu et qu'il doit ouvrir des huîtres à la chaîne, il reste efficace. Même quand un client est odieux, il ne sort pas de ses gonds. Cependant, je me demande pourquoi il m'a menti. Priscilla ne l'a pas déposé à la plage, elle est montée jusqu'ici. L'a-t-elle appelé sur son portable ? Était-elle venue le rejoindre ? L'a-t-elle poursuivi sur les falaises après une engueulade ? Une engueulade, mais à quel sujet ?

13

Charlotte

Je fonce dans la cuisine hyper vénère. J'ai deux clients super arrogants et désagréables au possible qui me prennent pour une esclave. Heureusement que ça n'arrive pas souvent, mais du coup, je suis sur la tangente et hurle :

— Les desserts de la flouze… bouse… la 12 ? Ils sont où ?

Alexandra me regarde par-dessus une des portes des frigos qu'elle a ouverte. Elle connaît mes déraillements verbaux, mais ne m'a jamais entendue hurler.

— Sur la desserte. J'ai juste à dresser les fruits. Ça va pas ???

— La touze… 12 me chauffe grave.

— Ils ne sont pas contents ?

— Ils n'ont pas aimé ton turbot et maintenant ils réclament des glaçons.

— Ah bon ? Mon turbot avec une mousse au beurre de curry ?

Alexandra, contrariée, zappe complètement les glaçons, pourtant dans un Pessac Léognan… c'est du méga gâchis. De la confiture jetée aux cochons. J'aurais mieux fait de ne pas mentionner son plat, elle est très susceptible quand il s'agit de ses recettes. Elle jette un coup d'œil furtif et furibard en salle.

— Le couple face au bar ?

Je confirme d'un mouvement de tête. Elle lâche la porte battante, pose ses mains sur les hanches et me lance :

— On ne malmène pas la chef du Chef !

Elle me rejoint à la desserte et crache un horrible glaviot, presque aussi épais qu'une huître laiteuse locale de juin, sur les deux moelleux au chocolat. Elle doit avoir une rhinite.

— T'es dingue ou quoi ?

— T'inquiète, je vais dresser les framboises dessus. Ils n'y verront que du feu.

Nous partons dans un fou rire. Ça me fait un bien royal, j'avais besoin de relâcher la pression. Certains clients ont le don d'être imbuvables. Ils se sentent obligés de maltraiter ceux qui leur offrent du bon temps et du confort. Ils vous font payer le plaisir qu'ils prennent chez vous. C'est plus fort qu'eux. Mon téléphone sonne. Numéro inconnu. Théo entre. Je lui fais signe d'emporter les desserts en salle. À cette heure, c'est soit une erreur, soit une urgence. Va pour l'urgence. Je décroche.

Le Lieutenant Pignal est au bout du fil dans un état de nerfs avancé.

— Je peux vous rappeler, je suis en plein service.

Il me déballe l'objet de ses soucis et veut me voir sur-le-champ.

— Pas au restaurant quand même ?

— Non. Chez moi, me répond-il.

Mes antennes se mettent en pilote automatique, radars en alerte. Ça sent l'embrouille. Il est 23 h passées et je ne suis pas née de la dernière pluie. On ne sait jamais ce qu'un mec a derrière la tête.

— J'ai deux derniers clients qui en sont au dessert et je ferme. Je te rappelle.

Je raccroche, perturbée, et quitte la cuisine. Je comprends que nous ne devons pas être vus ensemble au restaurant, mais de là à me rendre chez lui à cette heure, est-ce vraiment indispensable ? J'observe les deux emmerdeurs savourer leur moelleux respectif. Ils apprécient. Et vas-y que je te goûte le moelleux de l'autre et que je te compare les framboises. Le crachat d'Alexandra ne gâche pas leur plaisir. J'ai l'impression que c'est plutôt le contraire. Ma chef a déjà enfilé manteau et bonnet, et me fait un clin d'œil tandis qu'elle passe devant la 12.

Jules a fermé la poissonnerie depuis une heure et je poireaute devant ce couple d'imbéciles, sûrement illégitime, avec Théo à mes côtés. Je préfère ne pas être seule à la fermeture depuis l'assassinat de Janine Flochard. Sûrement des amants.

Je prépare l'addition et me marre intérieurement à l'idée qu'ils seront malades d'ici deux jours. Je la dépose sur leur table, visiblement des voyageurs et pas mariés, bien qu'il porte une alliance. Il est gonflé de ne pas l'avoir enlevée. Lui en déplacement au Havre, et elle, folle de désir de l'avoir une soirée et une nuit pour elle toute seule. C'est une évidence. La façon dont ils se regardent dans le blanc des yeux et se bécotent comme des adolescents depuis le début du repas. On nage en plein adultère. Je commence à dresser les tables pour demain.

Enfin, ils sont mûrs pour passer au lit ! Ouf. J'apporte le terminal à Carte Bleue. Ils filent sans laisser un kopeck de pourboire. Théo est déçu.

Être si amoureux et en même temps si odieux et si radins… Je ne comprends pas. Ils devraient nous sourire béatement.

Je renvoie Théo chez lui, verrouille le restau et monte nourrir Maigret. Un reste de dorade grise. Tout en gravissant les marches, j'appelle Valentin.

— Désolée d'appeler si tard, deux clients dont je ne pouvais plus me débarrasser.

— J'attendais ton coup de fil.

— Tu habites où ?

Il m'explique alors que j'attrape les clés de ma Smart et glisse dans mon sac ma bombe lacrymogène. Je la traîne depuis Paris, je me demande si elle fonctionne encore. Je sécurise la porte qui communique de l'appartement au restau et sort par l'immeuble.

Je préfère y aller en voiture, j'irai plus vite et j'ai moins de chance de faire une mauvaise rencontre. Moi qui n'ai jamais eu peur dans ma petite ville, je m'angoisse dès que je sors tard ces derniers jours.

Minuit sonne ses douze coups au carillon de l'église quand je me gare sur le parking de la gendarmerie. Effectivement, je trouve la grande maison face au bâtiment officiel. Excitée et en même temps intriguée par tant de mystère, je repère la seule fenêtre allumée au deuxième étage. Une silhouette apparaît sur le trottoir. Je sursaute.

— C'est ici.

Ce que je suis tendue en ce moment… Je reconnais Valentin. Nous grimpons deux étages. Il me fait entrer dans une pièce et referme la porte derrière lui. La déco est d'une masculinité entêtante et l'éclairage hyper feutré. Canapé et fauteuil en cuir noir, tapis aux motifs géométriques à la Miró, table basse en verre. Je suis prise au piège. Il peut faire ce qu'il veut de moi. Je regrette aussitôt de m'être mise dans cette situation. J'aurais dû vérifier le bon fonctionnement de ma bombe.

— Tu veux boire quelque chose ?

— Un café.

Sa décontraction me rend nerveuse. Je suis sur mes gardes. Il n'a plus de café, mais de la tisane.

— Va pour une tisane.

Il démarre la bouilloire sur le comptoir de sa cuisine américaine. J'en profite pour lui demander les toilettes, prétextant un manque de temps. Je m'y enferme à double tour avec mon sac à main. Je sors ma bombe, l'active. Je me mets à tousser comme une malade. Il cogne à la porte.

— Ça va ?

J'ai les yeux qui brûlent et je ne vois plus rien.

— Je n'arrive pas à ouvrir la porte.

Je range la bombe. Ouvre la petite fenêtre, ventile de mes mains.

— Tourne le loquet en tirant vers toi sur la poignée.

Je sors. Il me regarde ahuri.

— Qu'est-ce qui s'est passé ? T'as les yeux tout rouges.

Je suis embêtée. Je mens ou je dis la vérité ?

— Ma bombe lacrymogène est tombée et j'en ai pris plein la tronche.

— Fais voir ?

Embarrassée, je réouvre mon sac et sors la bombe.

— Une 300 grammes ! Tu sais que c'est une arme de catégorie B soumise à une autorisation spéciale ?

— Ah bon ?

— Considérée comme une arme par deux décrets, ceux de 2013 et 2018.

— Je l'ai depuis si longtemps que je l'avais oubliée au fond de mon sac.

— Tu n'as pas changé de sac à main depuis combien d'années ?

Son regard insistant et ironique me met mal à l'aise, je le questionne.

— Tu m'as fait venir chez toi pour quoi ?

— Tu… Tu ne pensais pas que j'allais te sauter dessus ?

Il rit.

— On n'est jamais trop prudentes, nous les femmes.

— Tu n'as tout de même pas cru que… Je suis gendarme, pas violeur.

La bouilloire s'éteint dans un claquement sec. Je me tiens debout immobile et silencieuse dans son salon. Il verse l'eau bouillante dans deux tasses et noie un sachet dans chacune.

— Je m'excuse. Je ne sais pas ce qui m'a pris. Depuis le soir où j'ai découvert le cadavre, je me fais de ces films. J'ai la frousse de tout.

— Troubles de stress post-traumatique. Tu as le cœur qui bat anormalement vite ? Une respiration rapide ? Des tremblements ? Des frissons ? Une transpiration excessive ?

— Pas tous ces symptômes en même temps, mais oui, ça m'arrive.

— Si ça persiste, va voir un psychologue.

Il apporte les tasses sur la table basse et me propose de m'installer dans le canapé. J'opte pour le fauteuil une place. Pas blonde la meuf. Il s'assoit dans le canapé. Je me mets à faire la poule. Un tic nerveux. Je ne peux me retenir. Il ignore mon tic et se lance comme si la situation n'avait jamais dévié.

— Pour être franc avec toi, l'enquête patine. Je suis dans une impasse. Mes deux suspects ne me permettent aucune conclusion viable. L'un possède un alibi en béton, l'autre n'avoue rien après trois interrogatoires. Quelque chose m'échappe, mais quoi ? C'est frustrant au possible. Je crois que je ne sais pas m'y prendre avec les autochtones.

Autochtones ? Il exagère. Nous ne sommes pas une ethnie qui parle un dialecte, quand même.

— Il n'avoue pas parce qu'il n'a rien à avouer, non ?

— J'aimerais que l'on reprenne tout à zéro.

Repartir à zéro ? On voit qu'il n'a que ça à faire.

— Reprendre à partir du début, maintenant ?

— Oui.

D'un seul coup, je me demande si je ne suis pas sur sa liste de suspects. Une tisane au curcuma, ça ne va pas me faire les dents jaunes ?

— Tu as du sucre ?

Il me tend un sucrier à boule, un Duguesclin, j'ai le même au restau. J'espère qu'il ne l'a pas fauché dans un bistro. Si les gendarmes se mettent à voler… Son salon me semble glacial. J'en frissonne. Je serre la tasse brûlante dans mes mains.

— Tu découvres Janine Flochard à la plage à 22 h 45. Tu appelles la gendarmerie à 22 h 52.

Il précise son intention. Il va me mettre en garde à vue, ou quoi ?

— Nous savons que son petit-fils, Théo Flochard l'a quittée à 20 h. Trente minutes avant son heure habituelle d'aller se coucher. Théo rejoint ses copains au cimetière. Il a été vu par un riverain vers 20 h 10 sur le chemin qui y mène. Il en repart vers 21 h 20. Ses copains ont confirmé l'heure à cinq minutes près. À l'heure de la mort de Janine, estimée entre 20 h et 21 h par le médecin légiste, il est donc théoriquement au cimetière, si ses copains ont dit la vérité.

— Il n'a donc pas pu tuer sa grand-mère.

— Qui alors ? Elle a été étouffée dans son sommeil. Il y a peu de traces de lutte, elle n'a pas résisté. Si elle ne dormait pas encore, elle connaissait son assaillant. Les particules de plumes dans ses poumons indiquent qu'elle est morte dans son lit plutôt qu'à l'extérieur. Qui et pourquoi quelqu'un l'a déposée sur le banc ? Je n'arrive pas à trouver une explication valable.

— Elle a donc été transportée avant le début des chutes de neige ou au commencement et la neige fraîche a recouvert les traces. Pourquoi, si elle était déjà morte ?

— C'est ce qui m'échappe. Théo dit être rentré autour de 21 h 40, il neigeait à peine. J'ai vérifié. La chute de neige commence vers 21 h 30. Il affirme être allé se coucher comme d'habitude, sachant que sa grand-mère dort déjà à poings fermés.

— Tu as interrogé ses parents ?

— Chantal et Fabrice Flochard ont passé la soirée chez eux. Les voisins ont confirmé les avoir vus rentrer du travail vers 20 h et avoir observé de la lumière toute la soirée. La voiture n'a pas bougé non plus. La sœur de Théo, Priscilla se trouvait à Triport chez son fiancé à huit kilomètres d'ici. Ils déclarent avoir passé la soirée chez eux. De toute façon, avec la tempête de neige, nous aurions trouvé des traces de pas ou de pneus sur le parking du bord de mer. Ça élimine donc les suspects qui vivent en dehors de Tarteville

— Pas avant la tombée de la neige.

— Non, mais s'ils avaient tué Janine et l'avaient transportée sur le banc, des voisins auraient remarqué ou entendu quelque chose à cette heure. Or, tous disent n'avoir rien vu ou entendu d'anormal. À l'annonce de la tempête, les Tartevillois étaient cloîtrés chez eux. Nous n'avons relevé aucune trace de pas autour de la scène de crime et sur la terrasse à part les tiennes, pas de traces de pneus de voiture, de vélo, rien.

— La vie normale pendant une semaine d'hiver à Tarteville et avec la tempête annoncée…

— Mais toi, tu te balades sur la plage.

— J'avais besoin de réfléchir.

— À quoi ?

Non mais le voilà qui recommence comme si je pouvais porter une petite vieille dodue à bout de bras. J'ai l'impression qu'il essaie de se faire une idée de mes velléités criminelles. Je rêve. Si je n'avais pas eu envie de voir la neige recouvrir les galets, je n'aurais jamais découvert Janine Flochard.

— J'ai un restau qui ne marche pas trop et les factures sont fixes. J'avais besoin d'air.

Il m'examine comme si je passais un interrogatoire.

— Je bloque. Nous avons dû rater quelque chose.

Nous consultons nos notes, nos fiches, les portraits des membres de la famille dans un silence épais et contemplatif. Il se lève.

— Et si c'était un crime au hasard ?

— Ça n'explique pas ce qu'elle faisait dehors, si elle est morte dans son lit.

— Un voleur, un camé en manque qui cherche de quoi se payer une dose ?

— Et il l'aurait abandonnée sur un banc ? Ça ne colle pas.

— Les camés font parfois n'importe quoi.

— As-tu trouvé quelque chose sur la mort de Lesueur, la mère de Chantal Flochard ?

— Non. À la mairie, l'acte de décès est réglo. Rien de spécial.

— J'ai croisé Priscilla sur la falaise ce matin en faisant mon jogging, c'est bien la première fois depuis des années que je cours. Apparemment, elle était venue voir son frère que j'ai trouvé un peu plus haut au bord de la Pointe. Il s'est plaint de tes interrogatoires.

— Pauvre petit.

— C'est un garçon fragile.

— Je peux reconvoquer Priscilla et son fiancé… Je suis assez découragé et j'ai la pression de mon supérieur.

— Tu sais, si je perdais ma grand-mère… Je n'ose même pas y penser.

— C'est elle qui t'a élevée ?

— Presque. Mes parents ont deux passions dans leur vie, leur magasin de chaussures et leur amour. Ils possédaient la plus grande boutique de la Grand Rue. Enfant, j'existais peu pour eux. Ils ont pris leur retraite en Espagne, ils y vivent depuis cinq ans.

— Ils ne viennent jamais te voir ?

— J'y vais avec ma grand-mère à Noël. Une fois par an, c'est tout. Et toi, t'es évangéliste ?

— Comment tu sais ?

— Tu sais, il n'y a que les évangélistes qui se présentent comme tu l'as fait l'autre jour : je suis chrétien.

— Je l'étais.

Je le regarde avec insistance. Je trouve qu'il me doit une explication.

— J'ai grandi entre une mère catholique qui s'est convertie, elle est devenue évangéliste, et un père qui ne voulait pas en entendre parler. Jusqu'à l'âge de seize ans, je me sentais bien dans cette religion, j'étais même un assidu du temple comme ma mère, mais un événement a bouleversé mes croyances et j'ai rompu avec eux. Je n'ai pas vu ma mère depuis. Je ne partageais plus certaines de leurs valeurs.

— Par exemple ?

— Anticontraception, anti-IVG, antimariage pour tous, antivaccin…

— Tu m'étonnes. Et ton père ?

— Ils ont divorcé quand j'ai quitté la maison. Je le vois souvent. Lui aussi, il a radicalement changé de vie. Il en avait marre de vivre comme un moine !

Je souris. Je comprends mieux ses prières avant les repas, ce décor austère, les déjeuners aux cocas. C'est fou comme on croit connaître les gens, mais c'est tellement superficiel l'habillement, le look, les traits du visage, la démarche… Ce n'est qu'une enveloppe dans laquelle il faut entrer pour mieux comprendre l'individu. Il faut entrer dans son histoire.

Mon autre

Adoubement

Se comprendre

L'amitié

La rose de ton cœur

Le marcheur solitaire

Ne dis rien. [3]

---

1. [3] Extrait *Et d'amitié…* dans *Le cœur à nu* de Marie-Anne Diatta.

14

Charlotte

Valentin Pignal s'est complètement planté sur mes capacités… J'ai amassé surtout des « on dit », potins, racontars et bruits qui courent qui ne lui apportent pas grand-chose et ne débouchent sur rien. Nada. Le Lieutenant, que je croyais habile et futé, se ramasse. Fiasco total. Fin de carrière pour lui, et pour moi, quelques clients curieux qui ne reviendront pas, passés l'engouement et la curiosité morbide pour ce crime ignoble. Parce que quand même tuer une Mamie, traîner son corps et l'abandonner sous la neige, faut être malade, voire un peu psycho-machin-truc.

Quelle enquêtrice à la noix je fais. Toutes ces années à exercer notre imagination, confronter nos suppositions et faire mousser nos intuitions, je m'y suis crue, et Mamie aussi. Sauf que voilà, sur le terrain, nous sommes deux nouilles. Comme disait

Papi avec des si et des mais, on mettrait Paris en bouteille. Mamie va être déçue. Finalement, je suis peut-être plus faite pour la restauration, même si en ce moment, je vois mal comment boucler les fins de mois.

Jules n'est pas encore arrivé et j'ai Théo sur les bras, qui n'est même pas capable de faire marcher cette foutue machine à café italienne. On peut faire des cafés, mais pas de cappuccinos, la vapeur déconne à plein tube. Il m'agace. Il est d'un mou ; je me dis, parfois, qu'il n'est pas fini. Sa mollesse me donne envie de le cuisiner, alors je me lâche.

— Tu n'as pas envie de savoir qui a tué ta grand-mère ?

Théo hausse les épaules, un doigt sur le robinet à vapeur.

— Fais gaffe, tu vas te brûler. Si on avait assassiné ma Mamie, je me mettrais en quatre pour trouver le coupable.

— Les gendarmes s'en occupent, mais ils regardent dans la mauvaise direction. Ce Lieutenant… Comment il s'appelle ?

— Valentin Pignal.

— Il m'a interrogé trois fois et ça l'avance à quoi ? À rien.

— Qu'est-ce que tu veux dire ?

— Ils ne trouvent rien, c'est tout.

— Une enquête, c'est long…

Il presse de nouveau. Que dalle. Pas un pet de vapeur.

— Pourquoi tu ne mènes pas une enquête de ton côté ?

— T'es dingue ou quoi ?

— Tu peux aider les gendarmes.

— Chacun son taf.

— Tu peux les aider en disant tout ce que tu sais.

— C'est ce que j'ai fait.

Il dévisse le robinet du jet de vapeur, le nettoie, le revisse.

— Le Lieutenant a réservé une table pour ce soir, il vient dîner avec quelques collègues.

— Oh non pas lui !

— Ils viennent pour dîner, pas pour bosser ! Tiens, j'ai trouvé la notice.

Il me la prend des mains, la feuillette. Je commence à dresser les tables.

— Ça gagne combien un gendarme ?

— J'en sais rien. Assez pour se payer mon restau, j'espère. Je compte sur toi pour leur montrer notre savoir-faire !

Des jets de vapeur s'échappent sporadiquement. Théo sursaute.

— Merde, c'est hot ce truc. Je crois que ça marche.

— Tu assures !

La vapeur s'échappe dans une fuite sonore.

— Ce n'est pas ce que dit mon père.

Théo ouvre la trappe de la cave, monte les bouteilles de vin blanc et les place dans les frigos. Et le pain qui n'est pas encore arrivé…

— Heureusement qu'on peut compter sur toi, ce soir. Dis-moi, le fiancé de ta sœur, il n'a pas travaillé au golf à une époque ?

— Ce larbin ? Il ramassait les balles. Il est tellement con qu'il en était fier.

— Théo, tu sais, servir les gens ce n'est pas une servitude. C'est du service. Et on leur fait plaisir. Les clients passent une bonne soirée avec des amis autour d'une bonne table. Ça n'a pas de prix.

— Oui, ils paient pour ça, pour être servi ou livré. Demande à mon père ce qu'il pense du métier de livreur !

— En pourboire, ça doit rapporter pas mal en saison, ramasseur de balles ?

— Felix s'en vantait, mais côté générosité, pas ça. J'en ai jamais vu la couleur.

— Tu sais pourquoi il ne travaille plus au golf ?

— Il a trouvé mieux, enfin c'est ce qu'il dit. Il a fait une formation de mécanicien.

J'aperçois Jules qui ouvre la poissonnerie. Théo patine dans sa vie. Je suis contente qu'il bosse avec nous, ça nous dépanne, mais je me dis qu'il mérite mieux comme avenir.

— Si tu avais le choix, là, maintenant, qu'est-ce que tu aimerais faire ?

— Je ne me pose pas la question.

— Tu n'as jamais rêvé d'un job, d'une situation dans la société ?

— Ça ne m'intéresse pas.

— Qu'est-ce qui t'intéresse ?

— Les nuages.

— Les nuages ?

— La façon dont ils se forment, la façon dont ils se déplacent dans le ciel. Mémé Janine, elle aimait les nuages aussi.

— Ah bon ?

— Ouais. Elle les observait de sa fenêtre, mais quand j'étais môme, on montait ensemble sur les falaises pour les admirer de plus près. Elle me disait que si on se rapprochait du ciel chaque fois un petit peu plus, eh bien un jour, on pourrait toucher les nuages.

Levez les yeux ! C'est moi qui passe sur vos têtes,

Diaphane et léger, libre dans le ciel pur ;

L'aile ouverte, attendant le souffle des tempêtes,

Je plonge et nage en plein azur.

Comme un mirage errant, je flotte et je voyage.

Coloré par l'aurore et le soir tour à tour,

Miroir aérien, je reflète au passage

Les sourires changeants du jour. [4]

— Tu n'as jamais envisagé d'être météorologue ?

— Pas assez bon à l'école pour ce genre d'études.

---

1. [4] Extrait du poème *Le nuage* de Louise Ackermann (1813-1890).

Je ressens une tristesse me parcourir, l'impression d'une immense fatigue. Théo est un rêveur, à qui il manque un côté rationnel et pratique des choses. Je me demande s'il va travailler toute sa vie avec nous sans se préoccuper d'évoluer ou de bâtir une carrière.

Il fait peut-être le bon choix. Sans ambition, sans désir d'ascension sociale, la vie doit être moins stressante. Dans ce monde de la performance et de la réussite obligatoire, il a peut-être raison.

L'idée d'aller voir Priscilla, pour lui parler de son frère germe dans mon esprit. C'est l'excuse parfaite pour l'approcher sans éveiller les soupçons. Jules nous fait un signe de la poissonnerie.

— Va le rejoindre. À mon avis, il est charrette sur les coquillages, je finirai seule la mise en place.

Je me fais un café. Un peu de caféine va me donner la quantité d'énergie nécessaire pour le service. On frappe au carreau de la porte d'entrée, j'espère que c'est la livraison du pain, je commence à m'inquiéter. Je reconnais la vendeuse de la conserverie bretonne. Qu'est-ce qu'elle veut ?

— C'est moi qui livre. En passant acheter ma baguette, Madame Dubois, m'a demandé si je pouvais la dépanner, sa vendeuse a dû partir plus tôt. Quinze baguettes et huit pains de seigle. Les affaires reprennent, on dirait !

— Les gendarmes ont décidé de sortir !

— Ils ont bouclé l'enquête ?

— Ça m'étonnerait !

— Ils finiront bien par mettre la main sur l'assassin. À Tarteville, tout finit par se savoir.

— La tempête de neige a effacé toutes les traces, malheureusement.

— Quand même ! Dire qu'elle avait peur qu'on l'empoisonne et qu'elle est morte assassinée !

— Qu'est-ce que tu dis ?

— Des bêtises sans doute. Mais je me souviens qu'un jour, elle m'a confié qu'elle se méfiait de sa bru et dans la foulée m'a fait le coup de la parano. Je la prenais pour une zinzin. Mais pas si folle que ça la mémé !

— Elle t'a vraiment dit qu'on voulait l'empoisonner ?

— Ben oui.

— Elle t'a dit pourquoi ?

— C'est possible, je ne me souviens plus, mais elle avait l'air d'y croire à son délire.

Je suis sidérée par cette révélation. Comme quoi parfois, les informations viennent volontairement, et surtout quand on ne s'y attend pas. J'ai l'impression que le ciel me l'a envoyée. Avec une telle info, Valentin ne pourra pas me mettre son échec sur le dos.

— C'est parfait, le compte est bon ?

— Oui. Si jamais tu t'en souviens… tu sais où me trouver.

— Ça marche.

Elle file et je reste perplexe, couverts en mains.

La petite troupe des gendarmes débarque. Ils ont un quart d'heure d'avance sur l'heure de leur réservation - « des dînent tôt » -, je suis tellement perturbée que je les laisse s'installer et cours en cuisine pour prévenir Alexandra. J'en oublie de leur offrir l'apéritif. C'est au moment de prendre la commande que je réalise mon erreur. Je reconnais Muriel Lebrun et un autre gendarme que je connais de vue. On se croise parfois sur la falaise faisant notre jogging. Les deux autres, je ne les ai jamais vus. L'un d'eux me demande, alors que je leur décris les entrées et plats du jour.

— Vous avez des moules à la crème ?

Mais quel plouc celui-là. Il m'interrompt en plus. C'est un restau gourmet, pas une de ces cantines à touristes de la plage, qui servent des moules qui viennent du Royaume-Uni ou même de la Nouvelle-Écosse. Je me retiens d'être désagréable pour ne pas mettre Valentin dans l'embarras.

— Ce n'est pas l'esprit de la maison. Nous avons les moules façon Pompadour, une recette traditionnelle et locale que notre chef a réactualisée. Ail, estragon et Jalapeños servis avec des chips faites maison.

— Pas de frites ?

Ils sont bouchés.

— Non pas de frites, nous servons des chips faites-maison avec les moules.

Il est déçu, je m'en rends compte et ses collègues font une drôle de moue, alors j'essaie de les amadouer.

— Je demanderai à la Chef si elle peut vous mettre un peu de crème, si ça vous fait plaisir.

Je propose sans savoir si elle en a. Je croise les doigts.

Tandis que je file en cuisine pour afficher la commande au-dessus du piano, - Trois moules Pompadour et deux tartares de thon -, je les entends commenter. Ils n'en reviennent pas que nous servions en Normandie des moules sans crème et sans frites…

Du coup, j'envoie illico Théo servir une coupe de bienvenue aux gendarmes pour les détendre et je négocie avec Alexandra la crème fraîche. Elle refuse catégoriquement d'en ajouter. J'écoute ses arguments avec lesquels je suis d'accord, sinon elle ne travaillerait pas chez moi. Mais bon, des nouveaux clients, ça se bichonne.

Finalement, elle accepte d'en servir, mais dans un pot à part. Les clients feront ce qu'ils veulent, mais pour elle hors de question de plonger une once de crème dans ses moules. Alexandra a fait son apprentissage en Espagne à San Sebastian, chez un chef réputé, et elle n'est pas prête à s'abaisser à la dictature de la médiocrité et à la tyrannie des masses. J'en ai eu pour dix minutes de son discours. Une vraie ayatollah de la bouffe.

Première fois qu'ils dînent à La Pompadour, il faut bien les caresser dans le sens du poil, ils finiront par aimer sa cuisine… J'en suis sûre. Je veux surtout faire bonne impression auprès de Valentin, car c'est sympa de sa part de soutenir mon commerce. Après tout, certains d'entre eux pourraient devenir des habitués.

Théo revient avec une coupe pleine.

— C'est qui ?

— Le Lieutenant Pignal. Il ne boit pas d'alcool.

— Ah bon ?

Il me semblait qu'il avait accepté un verre de blanc l'autre soir. Il frime devant ses collègues.

— Propose-lui un Coca.

— J'en fais quoi ?

— Bois-le ou apporte-le à Jules, il aime ça.

J'ai hâte d'annoncer à Valentin cette histoire d'empoisonnement – info incroyable ou potin de plus à mon actif ? –, mais je dois attendre. Je ne peux pas lui parler publiquement de l'enquête. Jusqu'à la fin du service, j'espère une ouverture, une occasion, mais non. Pas une seule fois, il ne tente de venir au bar. Ses collègues semblent passer un excellent moment. Les moules ont été un succès et la crème a surtout plu parce qu'elle satisfaisait leur demande, l'un d'eux n'en a même pas ajouté dans ses moules. Je m'empresse de l'annoncer à Alexandra dont l'expression pleine de gravité satisfaite me signale une jouissance interne extrême. Tant mieux, je n'aime pas la contrarier.

Qui je vois arriver ? Mamie avec sa meilleure copine de baignade. Elles n'ont pas réservé. Les chanceuses, il me reste une dernière table. Celle du devant, entre la fenêtre et le bar.

— Bonsoir, ma petite-fille.

Je la vois se tortiller pour reluquer la tablée des gendarmes qui se trouve dans la salle du fond. La maline, je comprends mieux pourquoi elle est venue, elle veut voir notre collaborateur de près. Je lui murmure tandis que sa copine s'assoit.

— Pas un mot sur lui, hein ? Je compte sur toi.

— Motus et bouche cousue.

Elle le dit toujours en se pinçant les lèvres puis glisse le pouce et l'index sur sa bouche.

15

Charlotte

La vie en province mène, tôt ou tard, au centre commercial et à l'Hypermarché pour faire le plein de trucs qu'on trouve plus chers ou pas du tout à la supérette.

Je me gare toujours le plus près possible de la sortie pour deux raisons. La première afin d'éviter de chercher ma voiture pendant des plombes, la deuxième, parce qu'une fois passé une heure dans ce genre d'endroits, je n'ai qu'une envie : fuir le plus rapidement possible. J'espère trouver Priscilla à l'heure de la pause matinale. J'ai travaillé moi-même comme caissière l'été quand j'étais étudiante et je connais bien la routine des employés de l'hyper.

J'attrape un caddie et traverse les rayons au pas de course. Je le remplis de quelques articles : Sopalin, PQ, sucre de canne, éponges, savon liquide. À chaque bout d'allée, j'observe la caissière qui s'y trouve. Il y a vingt caisses. Je ne vois pas Priscilla. Soit elle se trouve déjà en pause - et donc parfait timing pour parler avec elle en toute tranquillité -, soit elle est en congé - et il me faudra revenir -. Je traîne un peu. Toujours pas de Priscilla Flochard. Je pourrais me renseigner auprès d'une des caissières, mais je préfère rester discrète. Qu'à cela ne tienne, je passe en caisse et décide de grignoter un truc dans la galerie marchande.

Je commande une salade de fruits à la Brioche Dorée. Il n'y a que ça ou des viennoiseries industrielles et je mange sans gluten - Si Alexandra me voyait, elle me ferait la morale, comme elle ne vient jamais dans ce genre de magasins, je suis tranquille -. Salade en main, je m'assois à une des tables du patio. Un semblant de terrasse délimitée par une haie de ficus anémiques avec moquette simili gazon au sol et un gigantesque palmier en plastique en son centre. J'enlève les fraises une à une, je n'aime pas les fruits d'été en hiver. Ma méticuleuse tâche finie, Priscilla Flochard se jette sur moi.

— Bonjour Charlotte. Qu'est-ce que tu fais ici ?

— Je déjeune, pas eu le temps ce matin. Et toi ?

— Je suis caissière à l'hyper. Théo ne te l'a pas dit ?

— Mais si, je suis bête.

Elle reste coite.

— Je viens de finir mes courses et je m'offre des vacances ! Du Prêt à manger, quoi.

— Moi, c'est tous les midis : pizza, sandwich, pizza.

— Essaie les salades.

— Pour avoir la dalle une heure après ? Non merci. Désolée pour l'autre jour, mais j'étais pressée, je ne peux pas me permettre d'être en retard au boulot… On se récolte des malus qui ensuite sont décomptés en euros sur notre salaire.

— Tu cherchais ton frère ?

— Non pas vraiment, nous nous sommes fâchés.

— À propos de quoi ?

Elle fait un pas en arrière. Zut, j'ai fait une gaffe.

— Des trucs de frangin-frangine ! Tu sais pas la chance que t'as d'être fille unique.

C'est ce que disent les gens qui ne s'entendent pas avec leur fratrie. J'ai l'impression qu'elle va se tirer. Il faut que je la retienne.

— Toutes mes condoléances. Ça m'a fait de la peine la disparition de ta grand-mère.

Je ne lis aucune émotion sur son visage lisse et rond. L'embonpoint a du bon, on ne marque pas.

— Je t'offre un café ?

Elle s'installe malgré elle - un café gratuit ça ne se refuse pas -. Je commande aussitôt deux cafés à la Brioche dorée et viens me rasseoir à la table.

— Théo n'a pas l'air dans son assiette.

— Assiette ! elle sourit.

— Déformation professionnelle.

— Il vit chez les parents depuis l'accident de notre grand-mère.

— L'assassinat, tu veux dire ?

Elle me fixe comme pour essayer de deviner ce que je pense. Elle regrette peut-être d'avoir mentionné cette mort.

— C'est ce qui était écrit dans le journal… Ça ne prouve rien. Évidemment, ça se passe mal avec les parents. Faut dire, Théo ne fait aucun effort.

— Et toi, tu as déménagé aussi ?

— Je vis avec Felix à Triport. Ça ne change pas grand-chose pour moi, je vivais déjà avec mon fiancé la moitié du temps.

— Je suis contente d'avoir l'occasion de te parler de Théo. Tu sais que je l'aime bien et Jules aussi.

— Qu'est-ce qu'il a encore fait, une connerie ?

— Non, non, c'est juste que… J'ai l'impression que la perte de votre grand-mère l'affecte beaucoup plus qu'il ne le montre ou l'admet.

— Vraiment ? Il te l'a confié ? Parce que quand elle était en vie, il ne se cassait pas le cul pour elle… à part squatter sa maison…

— Du coup, la responsabilité retombait sur toi ?

Elle acquiesce, puis prend un ton plus doux.

— Ça nous a tous secoués. On ne s'y attendait pas. Enfin pas si tôt…

— J'imagine. Ton frère n'est plus motivé du tout, il fait tout en traînant les pieds au restau… j'ai l'impression qu'il déprime.

— Il est né avec un poil dans la main long comme un bras.

Priscilla boit son express en deux gorgées. Elle me fixe droit dans les yeux pour me convaincre ou plutôt pour vérifier que je ne doute pas de ce qu'elle affirme ? J'espère ne pas trahir ma pensée… J'ai la sensation que cette dernière phrase coupe court à notre conversation. Cependant, elle ajoute :

— Tu sais, on vit un cauchemar. Les gendarmes ne nous lâchent pas. Mets-toi à notre place. Être en deuil et suspects, je ne souhaite ça à personne. Ç'est super lourd. Difficile de faire son deuil dans ces conditions.

— Évidemment.

— De plus, Théo s'engueule avec mon père tous les jours.

— À propos de quoi ?

— Le boulot. Mon père veut qu'il trouve un vrai métier. Le daron, il bosse déjà comme une brute. Il rêve en grand pour nous. Mon frère va finir par lui faire péter un câble.

Elle se lève pour m'indiquer que sa pause est finie. Je relance quand même.

— Tu préfères vivre à Triport ?

— Il se passe moins de choses qu'à Tarteville, mais côté confort et situation, la maison des parents de Félix est plus adaptée. En plus, Triport est bien plus près de mon travail. Y a un seul feu au lieu de quatre en venant de Tarteville. En dix minutes, j'y suis. Tu m'excuseras, mais je dois retourner en caisse. J'suis pas patronne moi !

J'ai l'impression qu'elle m'en veut ou qu'elle m'envie d'avoir un restau. Franchement, si elle savait ma situation financière, elle trouverait sa paie et son job plus enviables que ma situation.

— Surtout, ne dis pas à ton frère que je t'ai parlé de lui. Il le prendrait mal. Ça reste entre nous ?

— Compte sur moi.

Sa façon de me le dire me surprend. Je trouve son ton menaçant. Ou alors, je me fais un film ? Tandis qu'elle s'éloigne, je ne peux m'empêcher de penser qu'elle n'a pas été franche avec moi. Elle cache quelque chose. Mais quoi ? Ses formes abondent et ondulent sous sa tunique Hyper en nylon dans l'éclairage brut de la galerie marchande. Pourquoi m'a-t-elle semblé sur la défensive alors que je lui parlais de son frère ? Essaie-t-elle d'éviter certains sujets à son propos ? Après tout, il est tout à fait normal d'être déprimé après la mort d'un proche avec qui on vivait de surcroit. Parce qu'en plus de perdre sa grand-mère, il a perdu son logement.

J'ai tout de même appris quelque chose, elle conduit très vite. Dix minutes pour aller de Triport à l'Hyper me paraissent un temps record. Je décide de prendre le volant et de me rendre à Triport en sortant du parking. Top chrono.

Quinze minutes chrono. Impossible de faire ce trajet en dix minutes à moins de dépasser les limitations de vitesse. Il est déjà 11 h 30. Je me rends directement au golf pour retrouver Valentin. Pour une fois, je serai en avance.

16

Charlotte

Vingt minutes pour faire le trajet de Triport au golf... En même temps, je suis tombée sur un camion et je ne pouvais pas doubler. Je me demande combien de temps Priscilla mettrait, parce que quand même dix minutes de l'Hyper à Triport, elle grille le feu ou quoi ? Je me gare sur le petit parking, descends de ma Smart et rejoins à pied le restaurant.

Le ciel d'un bleu sans tache délimite d'un trait franc et net le sommet des falaises et le gazon d'un vert parfait. Je profite du paysage. Un couple de golfeurs bavardent sur la terrasse. Je m'installe à la meilleure table, celle avec une vue à la fois sur la mer et sur le terrain de golf. Je médite sur le paysage, je me passe et repasse ma conversation avec Priscilla… Sans pour autant élaborer une conclusion ferme.

Valentin entre. J'ai tout le loisir de le détailler de la tête aux pieds alors qu'il gagne la table où je suis assise depuis déjà vingt bonnes minutes. Le Lieutenant a le pas léger d'un danseur, les hanches presque aussi larges que les épaules et les biceps qui, selon le mouvement de ses bras, apparaissent et dispar-aissent sous le cuir souple des manches de son blouson. Il est plus élégant en tenue civile qu'en uniforme. Il semble plus à l'aise aussi. J'aurais pu m'en rendre compte plus tôt, car depuis le début de l'enquête, je le rencontre toujours sans son uniforme. Il s'assoit en face de moi.

— Surprise. Tu sais arriver à l'heure, finalement ?!

Je fais une grimace et pointe du doigt le terrain de golf, puis l'invite à s'asseoir sur la chaise à côté de moi. Un air interrogateur, il hésite puis m'obéit. Devant mon silence, il croise les bras et se tourne complètement vers moi, les yeux rivés dans les miens.

— Je ne voudrais pas de méprise.

— Du genre ?

— Je sais. Je n'aurais pas dû t'appeler à 23 h, je n'aurais pas dû venir dîner à La Pompadour. Et le tout en moins d'une semaine, alors que j'habite cette ville depuis deux ans… je comprends, cela peut prêter à interprétation…

— Ce n'était pas pour mes beaux yeux ?

— Je ne l'aurais… pas dit comme ça.

Il recule sensiblement.

— Non, mais des fois, tu y vas fort ! Parce que tu t'imagines que tu es mon genre ?

— Non, non… Ce n'est pas ce que j'ai voulu dire. Je veux simplement m'assurer qu'il n'y a pas de confusion. Je veux garder notre relation nette et claire.

— On mène l'enquête. Je ne me méprenais pas.

— Sauf que tu viens chez moi avec une bombe lacrymo.

— Il était tard.

— Je te l'accorde.

Un long silence nous éloigne. Je dois dire quelque chose.

— Cesse de ruminer et contemple au-delà des baies vitrées ! Qu'est-ce que tu vois ?

— Un terrain de golf.

— Bravo.

— Très bien entretenu.

— Mais encore ?

— Un trou au milieu.

— Mais encore ?

— Le chemin des douaniers.

— Et entre le gazon et le chemin ?

— Une petite palissade.

— Facile à franchir, non ?

— D'accord. Mais qui viendrait la nuit sur le golf ? Pour voler quoi ?

— L'assassin.

— Pas con. Ce n'est pas le chemin le plus court pour se rendre à la plage.

— Mais c'est le plus discret. L'assassin est arrivé à Tarteville par le golf. Il a franchi la palissade et est descendu en ville par les marches qui terminent le chemin des douaniers.

— Ça veut dire qu'il s'est introduit dans le golf en voiture. Ce n'est pas fermé la nuit ?

— Si, mais le meurtrier aurait pu se procurer les clés.

— Je vais interroger les employés du golf.

Contente de ma trouvaille, je lui tends la carte.

— Cherche du côté des anciens employés aussi !

— ???

— Felix Morin, le fiancé de Priscilla, a été ramasseur de balles.

— Tu m'épates.

Je marque des points aujourd'hui et je jubile. Il plonge le nez dans le menu.

— Sole meunière, encore ?

— C'est bon pour la ligne.

Il sourit. J'ai remarqué qu'il y fait attention. Ça se voit à sa façon de s'habiller qu'il tient à son ventre plat. Il se rassoit en face de moi et je ne résiste pas à lui poser cette question :

— Vous avez une salle de sport à la gendarmerie ?

— Ça serait trop beau ! J'ai installé un rameur chez moi et le week-end, je fais des randonnées vélo.

— Pour courir plus vite après les voleurs ?

Nous nous esclaffons brièvement, puis un silence s'installe. Valentin attrape un bout de pain dans la corbeille que la serveuse vient de déposer. Elle lui offre son plus beau sourire en prenant notre commande. Mais pourquoi certains hommes se sentent-ils obligés de commander pour les autres ?

— J'ai rencontré Priscilla Flochard à l'Hyper de Livaret ce matin. Je voulais lui parler de Théo. Il va mal. Ton interrogatoire a donné quoi ?

— Rien, elle a un alibi. Priscilla et Felix disent être rentrés ensemble vers 21 h. Des voisins confirment qu'ils ont bien vu leur voiture garée autour de 21 h 15. Felix a travaillé tard. Il travaille dans un garage sur la route de Fécamp. Elle est allée le chercher, car sa voiture était en révision. Le patron du garage a témoigné dans ce sens. Tu as appris quelque chose sur Théo ?

— Non. Sa sœur n'avait même pas remarqué qu'il déprimait. Elle met ça sur le fait qu'il est revenu vivre chez ses parents, car il ne s'entend pas avec son père. Personnellement, je pense qu'il est perturbé par la mort de sa grand-mère.

— C'est normal, non ?

— Priscilla, elle, semble s'en foutre par contre.

— Il serait le seul membre de cette famille qui semble vraiment peiné.

— Théo n'est pas le meurtrier, il n'a pas de mobile.

— Et l'argent qu'il a dépensé au casino ? Il venait d'où ?

— Une intuition. Pour moi, ça ne colle pas avec sa personnalité.

— C'est une affaire de famille. J'en suis de plus en plus convaincu. Si seulement on trouvait le mobile. Pour quelle raison l'un d'eux l'aurait-il tuée ?

Le fumet des soles-pommes sautées me titille les narines. La serveuse dépose les assiettes brûlantes sur notre table. Et pan, le revoilà avec sa prière. Cette fois-ci, j'attends qu'il ait fini sa sérénade. Pourquoi ferme-t-il les yeux ? Voit-il Dieu de l'intérieur ou avec son troisième œil ? Il relève la tête, le signe que je peux commencer à manger. J'ai horreur de manger froid.

— Au cours d'une conversation anodine, j'ai appris que la victime avait peur d'être empoisonnée.

— Vraiment ?

— Potin ou réalité ? La vendeuse de l'épicerie bretonne m'a affirmé s'en souvenir. Janine Flochard serait entrée dans sa boutique et lui aurait confié que quelqu'un cherchait à l'empoisonner.

— Elle n'était pas un peu parano ?

— D'après ma grand-mère et ses copines, non.

— Ça expliquerait les boîtes de conserves…

— Tu veux dire… elle ne volait pas pour faire des économies, mais par peur de…

— C'est énorme, je sais… pourtant…

— Empoisonnée par qui et pourquoi ?

— Ni pour la maison, ni pour sa fortune. Il y a un autre mobile. Ce mobile encore mystérieux nous conduirait directement au meurtrier.

Les yeux de Valentin se baladent de droite à gauche, puis de gauche à droite. J'ai l'impression qu'un milliard d'idées lui traverse le cerveau.

— Nous sommes à deux doigts de l'énigme. Mon équipe poursuit toutes les pistes et les filatures des membres de la famille Flochard. Il nous reste deux jours. J'y crois.

Nous nous quittons pleins d'espoir. Nous sommes si près du but. C'est un peu la même chose quand Alexandra crée une nouvelle recette, il nous manque un ingrédient qui fera du plat ce qu'il n'est pas encore. Il lui arrive de le trouver tout de suite cet ingrédient, mais le plus souvent, elle y passe des jours… C'est passionnant.

Je descends du golf directement en ville, gare ma Smart pas loin de la boutique de Kevin, mets une pièce dans l'horodateur et m'arrête chez lui.

— Tiens, voilà l'Arlésienne. Je ne te vois plus en ce moment…

— Le restau, les clients affluent depuis que j'ai découvert le cadavre de Janine Flochard, et une mission secrète.

— J'adore les secrets. Moi aussi, je veux être le témoin d'un meurtre sanglant et croustillant, pour renouveler ma clientèle.

— J'ai besoin de toi.

Une cliente entre.

— Bonjour Madame Lequertier, j'ai réajusté la bague. Venez, que je vous la passe au doigt.

Madame Lequertier, qui ressemble plus à une barrique qu'à une planche à repasser avance jusqu'au comptoir et pose ses mains aux doigts boudinés à plat sur le marbre du comptoir. Elle me salue avec une expression d'admiration timide comme si j'étais une vedette de la Star Academy.

— Repasse plus tard, Charlotte.

— Ce soir, après le restaurant alors ?

Kevin acquiesce et ajoute en insistant bien sur chaque syllabe, pour faire remarquer à sa cliente qu'il est un intime de la vedette du moment :

— Viens prendre un verre au studio.

Je quitte la boutique. Partie remise. Je cours jusqu'à ma voiture et me rends à la blanchisserie sur la route de Livaret. Je récupère moi-même le linge de table, j'économise sur les livraisons, le ménage. Ces économies me permettent de garder Alexandra. Sur le chemin du retour, j'ai l'impression qu'une voiture me suit. J'observe dans mon rétro central la voiture en question, ne reconnais pas le chauffeur - faut dire, il reste à distance. La route côtière se termine, je continue sur la départementale qui entre dans les terres. Larguée.

Mais que vois-je au feu quelques centaines de mètres plus loin ? Cette même voiture, une vieille Volkswagen grise. Je ralentis et pan le feu passe au rouge, je n'ai pas le temps de noter l'immatriculation mentalement. J'en parlerai à Valentin. Pourquoi me suivrait-on ?

17

Charlotte

Je verrouille le restaurant de l'intérieur derrière Théo qui vient de partir. Maigret m'attend au milieu de la cuisine. Il veut sa surprise de minuit. Ce soir, tartare de thon. Il adore. Les chats sont d'une patience… Je pose sa gamelle par terre, il se rue dessus tandis que j'appelle Kevin pour lui dire que je serai chez lui dans vingt minutes. Je prends une douche rapido, me change. Jeans, T-shirt et baskets. De la fenêtre de la chambre, j'aperçois une ombre dans la rue. J'éteins la lumière, me colle au carreau. Personne. À cette heure, Tarteville est au point mort surtout un jour de semaine. J'éprouve une étrange sensation, teintée d'angoisse.

J'enfile ma doudoune, attrape mes clés et descends par l'entrée de l'immeuble, tout en appelant de nouveau Kevin.

— C'est moi. Si je ne suis pas là dans dix minutes, appelle le Lieutenant.

— Qu'est-ce que tu racontes ?

— Je dépose un truc chez ma grand-mère. Tu as de quoi noter ?

Je lui donne le numéro, lui fais répéter pour m'assurer qu'il a bien tous les chiffres et l'instruction d'envoyer le Lieutenant sur la plage, puis je sors.

La rue s'emplit d'une brume froide et épaisse, les goélands crient dans le ciel noir. Ils ne dorment plus et nous non plus. Ces dernières années, j'ai remarqué qu'ils hurlent à toute heure et défèquent à tout-va. Les toits sont recouverts de leur fiente acide qui ronge le revêtement des toitures. Les riverains se plaignent que cela leur coûte une fortune en entretien et réparations et demandent une régulation du nombre de ces oiseaux. Pour ajouter à ces nuisances, les gentils touristes les nourrissent - bien que ce soit interdit -, alors nos charmants oiseaux de mer s'installent au fil des étés dans les villes de la région. Et Tarteville semble être leur ville de prédilection. Qui refuserait d'être nourri gratis et sans effort ?

Du restau, je me dirige vers la plage, c'est tout droit. Pour la première fois de ma vie, la rue

Courbet me semble inhospitalière, oppressante même. Une fois sur la promenade, je me sens soulagée. Je m'assure qu'il n'y a personne et je passe par-dessus les cordons qui délimitent le club de kayak. J'allume la torche de mon portable. J'inspecte le fond de la vingtaine de kayaks empilés en carré, coques retournées. J'entends un bruit. Je me retourne et découvre une mouette qui déchiquette un reste de sandwich. Ma présence ne l'effraie même pas. Je passe au tamis de ma torche les galets sous les kayaks. Rien. Je suis frustrée, j'espérais le trouver là.

La lune, floutée par la brume, se mire sur l'eau noire et les reflets de ses rayons font pâlir la craie des falaises. Le clapotis des vagues et le roulement des galets me distraient un instant. C'est fou ce que les océans ont d'inquiétant à cette heure. La mer paraît être un gouffre et ses vagues, des tentacules qui nous absorberaient.

J'ai comme une intuition. Je me dirige vers la poubelle du club, un baril rouillé contre le cabanon qui sert de guichet en saison. Je fonce dessus, pousse le couvercle, en balaie le fond avec ma torche.

Le voilà, entre une peau de banane séchée et un gobelet vide en carton, le chausson manquant de

Janine Flochard. Le tueur l'a caché avant de s'enfuir. J'enfile mon gant afin de ne pas y mettre mes empreintes digitales, plonge la main pour le récupérer, mais le tonneau est si profond qu'il me faut y enfoncer le bras entier. Je me penche en avant et me retiens à l'aide de mes abdominaux. Je maintiens mon corps en équilibre sur le rebord du tonneau tandis que je tâtonne du bout des doigts le fond. Absorbée par mon action, je n'entends rien, mais sens une force soudaine me saisir les jambes. Je n'ai pas le temps de me dégager que je suis poussée à l'intérieur. Je perds l'équilibre, tout mon corps bascule et je m'écrase sur la pantoufle. Noir absolu. Mais quelle idiote d'être tombée dans cette poubelle.

J'entends une voix crier, une autre répondre, des pas précipités. Ma parole, des gens sont en train de se battre. Pour moi ou pour le chausson ? Il me faut en savoir plus. J'essaie de me tourner afin de me remettre sur pied, mais le baril est trop étroit ou ma position tellement alambiquée que tout mon corps est coincé. Impossible d'évoluer dans un sens ou dans un autre. J'écoute ce qui se passe près de moi sur fond de roulement des vagues dans les galets. Je tente de déchiffrer les paroles, de comprendre la situation.

— Lâche-moi.

— Je t'ai dit de ne pas te mêler de mes affaires. Tu comprends rien ou quoi ?

— C'est toi, n'est-ce pas ? C'est toi ! J'aurais dû m'en douter.

— Tais-toi, crétin. Qu'est-ce que ça peut te faire ? Tu veux me donner des leçons ? Espèce de feignasse de merde. Tu n'étais même pas foutu de l'aider à faire la lessive. Dégage.

Je distingue deux voix, le tueur avait un complice ? Les pas se rapprochent du baril, je fais la morte ou peut-être le suis-je déjà. De peur, au moins. J'entends un bruit de ferraille effarant qui résonne au tréfonds de moi. Je sombre dans une obscurité complète. Quelqu'un a replacé le couvercle du baril dans lequel je me trouve ? Je vais mourir asphyxiée dans ce trou noir. Si seulement je pouvais accéder à mon portable, mais je n'ai pas la moindre idée de l'endroit où il est tombé lors de ma chute, pourvu qu'il n'ait pas atterri dans les galets. J'ai un bras bloqué sous une joue et l'autre entre mes côtes et la paroi du baril. Heureusement, la torche s'est éteinte. Pourvu que personne ne m'appelle. Pourvu que Kevin joigne le Lieutenant.

Ils se battent de nouveau. J'essaie de glisser mon bras le long de mes côtes et de toucher le fond, logiquement mon portable devrait s'y trouver. Ils s'insultent, se menacent. Je crains qu'ils ne finissent par s'entretuer. Dans le silence d'entre deux vagues montantes, je reconnais la voix de Théo et la voix féminine pourrait bien être celle de Priscilla.

— Fais pas ton héros ! Qu'est-ce que tu veux faire ? M'arrêter, peut-être ?

— Pourquoi pas ?

Une mouette ricane ou c'est la femme qui rit. Maintenant que j'y pense, Priscilla aurait pu me suivre depuis le restaurant sur les informations de son frère. Je me suis bien fourvoyée. Moi qui croyais que Théo n'avait rien à voir avec le meurtre de sa grand-mère. Je me suis drôlement mis le doigt dans l'œil.

— Je t'ai dit de te tirer, le menace la femme.

Ils se bagarrent de nouveau et je flippe. Après tout ce que j'ai entendu, ils ne vont certainement pas partir en me laissant vivante. J'en sais trop sur eux. Pourtant, quelque chose continue de m'échapper. S'ils sont de mèche, pourquoi se battent-ils ?

— Ne m'oblige pas.

— Tu ne me fais pas peur, crie-t-il.

Elle rit brutalement, d'un rire qui sonne comme un sarcasme.

— Toi non plus. Tu veux me tuer peut-être ? Tu n'as pas les couilles pour ça.

Théo pousse un hurlement de douleur. J'angoisse complètement. La bagarre cesse. Il ne se passe plus rien. Elle n'a quand même pas assassiné son frère ? Et avec quoi ? Désespérée, je poursuis ma recherche sans faire de bruit, mes doigts atteignent le fond du tonneau sur lequel ils pianotent à la recherche de mon smartphone. Il faut absolument que j'appelle.

18

Charlotte

J'ai chaud. J'étouffe dans ce baril aux effluves de banane. Je sens mon iPhone sous mes doigts, mais impossible de le saisir à pleine main et surtout comment je vais pouvoir composer un numéro alors que mes yeux et mes bras se trouvent dans des directions opposées ? Je me demande si les gendarmes pratiquent ce genre d'entraînements afin de survivre dans les situations extrêmes.

Les vagues vont et viennent, brassent les galets qui roulent les uns contre les autres, revont et reviennent… Une mouette rit. J'ai l'impression qu'elle me menace. Ne me reste-t-il plus que quelques minutes à vivre ? Je n'entends aucune sirène salvatrice, seulement un poids que l'on tire sur les galets en direction de la mer. Tente-t-elle de balancer le cadavre de son frère à la flotte ?

Et si Kevin n'arrivait pas à joindre Valentin ? Que va-t-elle faire de moi ? Je suis désespérée. Je n'ai jamais éprouvé un sentiment de solitude aussi profond, sauf peut-être le jour où notre prof de français en 4e nous a fait apprendre ce poème dont les premiers vers me hantent encore.

Dans les allées de la jeunesse
On se croit deux on se croit cent
Puis l'univers oppresse
De ce monde on se sent absent.
Tous les amis avaient à vivre, je le sais bien
Mais mon cœur, fatigué, se serre sous le givre. [5]

Ce poème m'a fait aimer la poésie. Ma vocation littéraire était née et m'a conduite en fac de Lettres. La poésie me réconforte et m'inspire. Sa musique me berce et me rassure aussi. J'entends des pas fouler les galets, quelqu'un approche. Valentin ? Kevin ?

---

1. [5] Extrait de *Le port* de A. Dehesdin.

Des pas fermes et précipités. C'est elle : Priscilla revient pour me zigouiller. Je me demande si elle a noyé son frère ou s'il était déjà mort. Liquider son complice, elle n'y va pas par quatre chemins. Pauvre Théo. Finalement, il avait bien raison de se foutre de l'avenir… C'est vrai, on fait des plans sur la comète, on se projette dans un futur tout ça tout ça, et au final, ce futur n'existera pas…

Le couvercle se soulève et l'horrible crissement métallique qu'il émet me fait grincer des dents. J'ai à peine le temps d'apercevoir une étoile dans le ciel, qu'un afflux d'oxygène me survolte. Pleine d'une nouvelle énergie, je me sens prête à me battre jusqu'au bout, prête à lutter jusqu'au dernier souffle. La peur me ravive.

Le baril bascule tout à coup et forcément moi aussi. Je me protège la tête de mes mains pour ne pas m'éclater le crâne dans la chute. Je roule dans le baril sur les galets. Ça fait un boucan d'enfer. Mes pauvres oreilles. Je me mets en chien de fusil pour ne pas être éjectée de cette carapace qui me protège de Priscilla. Je ne la savais pas si costaude. Elle vocifère :

— Sors de là !

Hors de question de sortir. Je m'accroche à ma coquille. J'entends mon smartphone s'éclater sur les galets. Pourvu que Kevin appelle Valentin, sinon, je suis cuite.

Le baril et moi finissons notre course et échouons contre une digue. Je suis sonnée.

Je me tâte les os. Rien de cassé. Je me prépare à jaillir du tonneau comme un diable et à lui sauter dessus quand une voix familière s'élève dans la nuit :

— Charlotte ! Charlotte ? Tu es là ?

Mamie ? Mais que fait-elle à cette heure sur la terrasse ? Elle va se faire trucider. Priscilla lui hurle :

— Tais-toi la vieille et rentre chez toi ou je t'étripe.

— Essaie, tiens, lui lance Mamie du tac au tac.

Elle n'a pas froid aux yeux. La Priscilla se met à courir dans les galets. Je sors de ma barrique et escalade la digue discrètement. Priscilla gravit les escaliers qui mènent sur la terrasse. Mamie se tient droite et fière dans l'obscurité. Priscilla arrive à sa hauteur, il me reste encore quelques mètres à franchir. Mamie ne bouge pas alors que Priscilla s'élance vers elle avec le couvercle du baril à bout de bras. Elle va m'écraser ma Mamie comme une mouche. Je bondis derrière elle, la bouscule, Priscilla perd l'équilibre entraînée par le poids du couvercle. Mamie prend ses jambes à son cou. Priscilla se relève et là, je me fige. Je ne me suis pas battue depuis l'âge de dix ans. Elle sort un couteau ensanglanté. Esquiver ou fuir. Il faut que je fasse quelque chose, mais quoi ? Elle avance vers moi, menaçante. Cette fois, c'est la fin. Je ferme les yeux…

— Unité spéciale de gendarmerie. Jetez votre arme. Levez les mains en l'air.

Valentin ?! Mes jambes ne peuvent plus s'arrêter de trembler, la peur, la panique, l'adrénaline… je me croyais déjà morte. Kevin a enfin pu le joindre. Je m'effondre dans les bras de Mamie, échevelée, qui s'est lancée vers moi. Je reprends ma respiration. L'Adjudant Lebrun et un de ses collègues me réceptionnent.

Il était temps, je ne sens plus ni mes bras ni mes jambes. Il m'aurait été impossible de me battre. L'adrénaline retombe comme un soufflet et j'ai les larmes aux yeux. Je souffle un grand coup et soulagée, je m'écroule comme une poupée de chiffon. L'Adjudant Lebrun appelle le SAMU.

Lentement, je reprends mes esprits, et paniquée, lui indique que Théo a été jeté en pâture aux requins - bien que je n'en ai jamais vu ici -, et que le SAMU lui sera sûrement plus utile qu'à moi.

Muriel envoie une équipe ratisser les galets tandis que je lui confie :

— J'ai vraiment eu la peur de ma vie. J'ai bien cru que j'allais y passer.

Tout et tous s'agitent autour de moi. Je suis passée de l'obscurité à un afflux de lumières aveuglantes. Les gendarmes installent des cordons de sécurité autour de nous pour tenir à distance les badauds en pyjamas et chemises de nuit qui sont descendus de chez eux. Mamie est à mes côtés. Je comprends à l'expression de son visage qu'elle a vraiment eu peur pour moi. Je devine aussi qu'elle meurt d'envie de tout savoir, mais pour l'instant, elle me câline.

Un semblant de calme revient. Les gendarmes remontent sur un brancard le corps trempé de Théo et le transportent directement dans l'ambulance qui vient d'arriver. Je claque des dents d'effroi plus que de froid. Un urgentiste nous enveloppe d'une couverture de survie. Ça me réconforte. Valentin se dirige vers nous.

— Tu l'as échappé belle. La prochaine fois, tu m'appelles avant de t'aventurer seule à la poursuite d'une criminelle. Les professionnels sont entraînés pour, pas toi. Tu nous as fait peur.

— Tu m'étonnes. Je me suis vue morte.

— Et c'est comment ?

— Pas envie de m'en souvenir !

Il me conduit dans son véhicule de gendarmerie.

— Théo est mort ?

— Non, dans un état critique, mais il devrait s'en tirer. Un mauvais coup de couteau.

Je suis étourdie par les gyrophares, celui de l'ambulance qui s'éloigne, ceux de la scientifique.

— Sa sœur a tué Janine Flochard et je crois que Théo est complice. Je me suis trompée sur lui. Dans le baril, il y a le chausson de Janine. Les empreintes devraient y être toujours intactes bien que je me sois écrasée dessus.

— Merci Sergent.

Il le murmure et me fait un clin d'œil. Je me sens flattée qu'il m'associe à un membre de son équipe.

— Je te raccompagne ?

— Si tu raccompagnes ma grand-mère d'abord.

19

Charlotte

Je me passerais bien d'ouvrir ce soir. Ma confrontation avec Priscilla Flochard m'a lessivée et Théo n'est plus disponible. Seulement, voilà, le restau est complet. Les réservations n'ont cessé de tomber toute la journée. Je traîne en jogging depuis midi. Ma conversation au téléphone avec Valentin m'a secouée. Tuer sa grand-mère pour ça ? C'est perturbant.

Allez, une douche et zou, je descends en salle. Il est déjà 17 h 00, Mamie va bientôt débarquer - elle meurt d'envie de tout savoir et je ne peux pas la faire languir une minute de plus - Maigret dort en boule sur notre lit. Je me lève sur la pointe des pieds pour ne pas le déranger.

Je suis à peine sortie de la douche que j'entends frapper. J'ouvre la porte en peignoir. Mamie, tout essoufflée et enjouée de tous côtés que je la regarde, agite un journal.

— Ma chérie, te voilà une star. Les quinze minutes de célébrité dont parlait Andy Warhol ! Tu es à la Une du Paris Normandie ! Je l'ai relayée sur la page Instagram de La Pompadour.

— Fais voir !

Elle me met la pleine page sous le nez.

— Mais tu as vu la tête que j'ai ? Le photographe m'a prise à la sortie du baril. J'ai l'air d'une SDF.

— Clocharde ou pas, tout le monde parle de toi en ville.

— Et tout le monde s'est donné rendez-vous ce soir au restau. Et pas de Théo… Comment je vais faire ?

Mamie feuillette bruyamment le journal, l'ouvre sur une pleine page.

— Effectivement, il est à l'hôpital et sous mandat d'arrêt comme sa sœur. Regarde.

— Ça ne m'arrange pas.

— Ton protégé n'était pas aussi honnête que tu le croyais.

— Excuse-moi Mamie, mais je dois descendre en salle, j'ai du boulot.

Elle me suit agitant le journal d'une main et se tenant à la rampe de l'autre.

— Je vais t'aider, tu peux compter sur mes petits bras.

— Mais Mamie, c'est beaucoup trop fatigant !

— Qu'est-ce que tu crois, qu'à mon âge on ne peut plus rien faire ?

Je suis un peu gênée d'exploiter ma grand-mère - d'autant plus que la veille, elle m'a pratiquement sauvé la vie -, mais franchement, là, je n'ai pas le choix. Je passe derrière le bar, sans savoir par quoi commencer.

— Bon d'accord, mais tu resteras en salle, je ferai les aller-retour à la poissonnerie et Jules nous donnera un coup de main pour les plateaux de fruits de mer. C'est super lourd et je ne tiens pas à t'envoyer à l'hôpital !

— Penses-tu !

Je vérifie les frigos, évidemment, il faut remonter des boissons de la cave. La corvée que je déteste.

— Bon et maintenant, raconte-moi tout dans les détails.

Découragée, je me dis que Mamie ne me lâchera pas tant qu'elle ne connaîtra pas toute l'histoire, alors à la guerre comme à la guerre, je commence par lui raconter.

Elle se hisse sur un tabouret, plie le journal sur le comptoir et bras croisés boit mes paroles.

— J'avais mes soupçons sur Priscilla Flochard, alors que Le Lieutenant se focalisait sur Théo. Je lui ai donc rendu visite à l'hypermarché prétextant vouloir lui parler de son frère, et quelque chose ne collait pas dans sa façon d'être. Ma visite l'a rendue nerveuse… Ça m'a fait cogiter. Quelques jours plus tard, j'ai eu l'impression qu'elle me suivait.

— Dire qu'elle aurait pu te tuer, la garce !

— Je me suis souvenue que Felix avait travaillé au golf et ça a fait comme un déclic. J'ai repensé au chausson manquant de Janine Flochard et j'ai compris que si on ne l'avait jamais retrouvé, c'était à cause du manque de temps : 1. Soit le meurtrier l'avait emporté avec lui, 2. Soit il l'avait dissimulé dans un endroit fermé à proximité du lieu du crime et j'ai pensé au club de kayak. J'ai voulu vérifier. Donc, hier soir, je me suis rendue à la plage.

— Tu aurais pu me prévenir !

— Je ne voulais pas t'inquiéter, j'ai appelé Kevin avant de partir, nous devions nous voir après le boulot. Je lui ai donné le numéro de

Valentin avec l'ordre de l'appeler si je n'étais pas chez lui dans les dix minutes.

— Il m'a appelée. Il croyait que tu te trouvais chez moi. Alors j'ai foncé à la plage pendant qu'il appelait ton gendarme.

— Mamie, tu m'as sauvé la vie.

— N'exagérons rien. Continue…

— Aussitôt arrivée devant le club, j'ai fouillé dans les coques des kayaks. Rien. J'ai pensé à la poubelle, tu sais le grand baril rouillé, j'étais en train de l'ouvrir quand soudain quelqu'un m'a poussée à l'intérieur, dans une position plus qu'inconfortable. C'est simple, je ne pouvais plus bouger. J'avais le pressentiment que l'assassin viendrait chercher la pantoufle cachée. En fait, ils étaient deux. Je les ai entendus se battre. Rapidement, j'ai reconnu la voix de Théo et il m'a semblé que l'autre voix était celle de Priscilla. C'est à partir de ce moment que j'ai compris mes ennuis. Dans ma chute, malheureusement, j'avais perdu mon portable et je n'arrivais pas à remettre la main dessus.

— Mais comment le Lieutenant Pignal ne les a pas soupçonnés plus tôt ?

— Priscilla avait un alibi crédible, d'autant plus qu'une femme si peu sportive comme elle aurait pu difficilement porter le corps sur la plage toute seule. En fait, Priscilla a tué Janine dans sa chambre.

— Misère ! Quel monstre, cette gamine.

— Je te résume tout ce que j'ai appris de Valentin. Le soir du crime, Felix a fini tard, et il n'a pas pu achever la réparation de sa voiture par manque de temps. Vers 20 h 00, il a appelé Priscilla pour qu'elle vienne le chercher. Elle saute sur cette occasion et se rend chez sa grand-mère, elle conduit plus vite que son ombre, ce qui fait qu'elle est arrivée au garage à 20 h 50. Mais d'abord, elle s'est arrêtée au golf. En dix minutes, elle a rejoint la maison de sa grand-mère par le chemin des douaniers. Sa grand-mère était peut-être au lit, elle se couche habituellement vers 20 h 30. Théo était déjà parti rejoindre ses copains au cimetière. Elle l'a étouffée dans son sommeil avec un oreiller. Tu te rends compte ?

— Le sang-froid qu'il faut !

— Le temps de remonter au golf, de récupérer sa voiture… Il ne lui a pas fallu plus de quinze minutes pour se rendre au garage de Felix. Ils sont rentrés ensemble au plus tard à 21 h 15. Un voisin a vu leur voiture garée entre 21 h 00 et 21 h 15. Il promène son chien quotidiennement dans cette tranche horaire.

— Comment tu as su qu'elle conduisait comme une folle ?

— Quand je l'ai rencontrée à l'Hyper, elle s'est vantée de faire le trajet Triport-Centre-Commercial en dix minutes. J'ai essayé. C'est impossible à moins de rouler au-dessus de la vitesse autorisée.

— Elle aurait mieux fait de se lancer dans la Formule 1 ! On peut finir au cimetière, mais jamais en prison. Mais alors comment Janine s'est retrouvée sur la plage si elle est morte dans son lit ?

— Théo. Il quitte ses potes et trouve la porte de la chambre de sa grand-mère ouverte, ce qu'elle ne faisait jamais. Elle la fermait toujours. Intrigué, il est entré dans sa chambre et il l'a découverte morte. Terrorisé par le cadavre, il l'a transporté sur le banc de la plage le plus proche. Il angoissait trop à l'idée de dormir sous le même toit qu'un macchabée.

— Mais quel nigaud celui-là, il ne pouvait pas appeler les gendarmes ?

— Il a déclaré avoir été fatigué, paniqué aussi. D'après Valentin, Théo comptait se rendre à la gendarmerie le lendemain, mais manque de bol, je suis passée par la plage et je l'ai trouvée.

— Je comprends mieux pourquoi tu t'inquiétais de son état. Il devait angoisser.

— D'autant plus que c'est lui qui a caché le chausson de sa grand-mère. Il a fait l'erreur de le confier à sa sœur.

— Et pourquoi il ne lui a pas enfilé des chaussures à la place des pantoufles tant qu'il y était ? Quel idiot.

Je laisse Mamie tout reconstituer dans sa tête.

— Tu ne devineras jamais le mobile du crime !

— Pas faute d'avoir cherché.

— Priscilla ne supportait plus d'avoir à s'occuper de sa grand-mère, ça l'empêchait de vivre à plein temps avec Felix. Tu te rends compte ? Tuer pour ça.

— Ça alors ! Aucune empathie. Les jeunes ne pensent plus qu'à se satisfaire. Les vieilles de Tarteville qui ne peuvent plus arquer feraient bien d'être sur leurs gardes. Mais si Théo est innocent, pourquoi ne s'est-il pas confié au Lieutenant pendant les interrogatoires ?

— Théo avait peur de sa sœur. Elle est quand même un peu psycho, j'en sais quelque chose ! Figure-toi, Mamie, que tu avais eu raison sur la mort de la mère de Chantal, Odette Lesueur. Théo a signé une déclaration dans laquelle il affirme que Priscilla l'a empoisonnée.

— Mais, elle devait avoir dix ou douze ans à l'époque et encore ! C'est une criminelle dans l'âme.

— Pas sûr. Théo a déclaré que c'est leur mère, Chantal qui lui aurait ordonné de servir un bouillon empoisonné. Odette avait l'habitude de prendre une boisson chaude vers 23 h 00.

— Le bouillon de 11 h. Du coup, je comprends, le comment du pourquoi des conserves !

Mamie a l'esprit vif. La voilà repartie dans son labyrinthe de déductions…

— Valentin l'avait compris aussi. Mais la présence du cadavre sur la plage restait sans explication logique. Felix se trouvait encore au garage à l'heure du meurtre, il ne pouvait donc pas avoir aidé sa fiancée.

— Priscilla a avoué tout ça ?

— Pas vraiment. Théo a tout raconté. Il accuse Priscilla d'avoir tué Janine.

— Accuser est la meilleure défense.

— Il accuse aussi sa sœur et sa mère de la mort de leur grand-mère maternelle, Odette. Une demande d'autopsie a été demandée, mais Valentin redoute que le corps ne révèle aucune trace de poison une dizaine d'années après.

— Les Flochard vont tous finir en tôle ? Parce que si tu veux mon avis, c'est Chantal Flochard qui est responsable. Elle a assassiné sa mère à travers les mains de sa fille. Par contre, il va falloir le prouver. Et là, ce n'est pas gagné.

— Apparemment Fabrice ne savait rien. Felix non plus.

— Les hommes ! Ils vivent dans quel monde ? On se le demande parfois. Et cette Volkswagen grise qui semblait te suivre…

— Un ami de Priscilla qui me surveillait. Je crois que Théo dit la vérité. J'espère qu'il va s'en tirer.

— Il devrait s'il n'y a pas de complicité de crime et de concertation préalable et d'intention antérieure au crime. Article 434-7 du code pénal.

Je reconnais bien ma petite Mamie. Elle n'a pas pu faire droit dans sa jeunesse. On n'envoyait pas les filles de son milieu à l'université. Mais au lieu de regretter, elle l'a appris toute seule. Une autodidacte, Mamie, comme nombreuses femmes de sa génération.

— Je l'aime bien. Tu sais, c'est un rêveur. Il est poète aussi à sa manière.

— Ah oui, une grand-mère assassinée dont on largue la dépouille sur un banc contre vents et marées et sous la neige, tu trouves que c'est de la poésie, toi ? J'appelle ça de la négligence.

— Tu sais que Janine Flochard aimait les nuages ? Elle partageait cette passion avec son petit-fils.

Alexandra arrive, elle embrasse Mamie et je m'empresse de lui annoncer la bonne nouvelle :

— Le restau est complet ce soir ! Ça se fête.

Je sors une bouteille de champagne du frigo.

— Mais c'est toi sur le journal, s'exclame Alexandra.

— La célébrité, meilleure qu'un commentaire sur les 3 fourchettes pour faire carton plein.

Alexandra lit à haute voix le titre de l'article.

— L'arme du crime : un oreiller en plume. Tu as failli être assassinée et tu ne me disais rien ?

Le bouchon saute, j'adore ce son. Pour moi, c'est le premier son de la fête, de la joie, du partage.

— Tu as eu une de ces chances ! Tu nous as fait une de ces trouilles Miss Sherlock Holmes. Je ne me voyais pas avec le restaurant sur les bras.

Qui vois-je arriver ? Kevin, notre sauveur. Sans ses coups de fil, je serais morte, noyée dans un baril et coulée dans nos fonds marins comme une huître.

— J'arrive toujours au bon moment. On arrose quoi au juste ?

Alexandra tend glorieusement la première page du Paris Normandie et je commente :

— Ma célébrité et surtout le succès du restau, nous sommes au complet un jour de semaine et en hiver !

Il inspecte la photo.

— Ils ne maquillent pas pour les faits divers ? C'est dommage.

Kevin feuillette le journal.

— Et ils ont arrêté le vilain frangin ? Il avait l'air pourtant inoffensif ce garçon. Du coup, tu as besoin d'un serveur ?

— Tu pourrais ouvrir les huîtres avec Jules, Mamie me donne un coup de main en salle.

— Tope-là.

Je remplis les coupes quand soudain, j'aperçois Valentin en veste de cuir et baskets franchir la porte, un bouquet à la main et le journal dans l'autre. Nous l'accueillons avec un joyeux Chin Chin.

Le Rhin le Rhin est ivre où les vignes se mirent
Tout l'or des nuits tombe en tremblant s'y refléter
La voix chante toujours à en râle-mourir
Ces fées aux cheveux verts qui incantent l'été
Mon verre s'est brisé comme un éclat de rire. [6]

Mamie l'observe du coin de l'œil. Je lui tends une coupe. Il ne la refuse pas. Au contraire, il la lève très haut et déclare :

— Sans Charlotte, le meurtrier dormirait dans son lit ce soir.

Ma parole, il va faire un discours. Nous trinquons, et je vois mon Kevin reluquer le grand Valentin et vice versa. Je saisis d'un seul coup ce que j'ai ignoré pendant toute l'enquête. Valentin préfère les hommes. Mamie me jette un regard complice tandis que Kevin lui sert une deuxième

---

1. [6] Extrait de *Alcools*, *Nuit rhénane* de Guillaume Apollinaire.

coupe. J'espère qu'elle ne va pas être pompette pour le service.

Ce soir place à la team d'enfer de La Pompadour.

Fin

Vous avez aimé ce premier roman ?

Exprimez-le. Prenez quelques minutes pour laisser un commentaire sur la plateforme sur laquelle vous avez acheté le livre, ou que vous fréquentez, afin d'aiguiller des lecteurs potentiels. Vous pouvez aussi m'envoyer vos remarques ou vos questions à :

contact@cosy-mystery-adele-prince.com

DE LA MÊME AUTEURE

Série - Les enquêtes de Charlotte Latourette

Déjà parus :

En version ebook, brochée et reliée sur Amazon et en brochée dans toutes les librairies sur commande

NOUVEAUTÉ !!

Dans toutes les librairies

Téléchargez VOTRE BONUS AVANT DE PARTIR

Avant de refermer le livre, téléchargez dès maintenant

10 recettes offertes au format pdf :

Vous êtes fan de Charlotte Latourette, notre héroïne ? Vous voulez cuisiner avec elle ?

Nous avons exactement ce qu'il vous faut !

Découvrez les recettes préférées de Charlotte en tapant cette adresse : https://enquetes-charlotte.systeme.io/11-recettes-offertes

ou à l'aide de ce QR code :

Retrouvez toute l'actualité d'Adele Prince et l'intégralité de ses activités sur son site :

cosy-mystery-cosy-adele-prince.com

ou Instagram

Vous avez aimé ce roman et vous voulez le lui dire ? Écrivez-lui à : **contact@cosy-mystery-adele-prince.com**

Printed in France by Amazon
Brétigny-sur-Orge, FR

26225412R00130